W0329216

Nachhaltigkeit liegt uns am Herzen.

Hergestellt in Deutschland
Gedruckt auf FSC®-zertifiziertem Papier
Lösungsmittelfreier Klebstoff
Drucklack auf Wasserbasis

Natürlich

magellan

Teresa Hochmuth
Schwestern durch die Zeit –
Comtesse in Turnschuhen

Teresa Hochmuth

Schwestern durch die Zeit

Comtesse in Turnschuhen

magellan

Für Maria und Katharina.
Danke, dass ich mit euch vierzehn sein durfte.

1.
DOTTIE

Der leichte weiße Stoff bauscht sich in der Luft wie ein Fallschirm, der mich auffängt, und der Saum schwingt bei jedem Schritt, den ich mache, weit nach vorne. Darunter sind gerade mal meine Schuhspitzen zu sehen und unter meinen Füßen die hässlich grauen Betonplatten, über die mein Schulweg führt. Schöner wäre es natürlich, wenn ich auf einem Feldweg laufen könnte. Einem von vielen Stiefelschritten und Pferdehufen ausgetretenen Feldweg, an dessen Rand Butterblumen wachsen und hohe Gräser. Aber vom Neubaugebiet Rödelkofen schlängelt sich leider kein romantischer Feldweg zum städtischen Schulzentrum und zu Pferd ist hier sowieso niemand unterwegs. Schön wäre es trotzdem.

»Hat sie das Nachthemd von ihrer Oma an?«, höre ich es hinter mir flüstern – nicht leise genug. Gina kichert.

»He, Dottie! Hast du das Teil aus 'nem Kleidercontainer gefischt?«, ruft Sina, wie immer vorlauter als ihre Freundin.

Hab ich nicht, will ich sagen. Ich habe es gekauft, für sieben Euro. Beim Kostümfundus vom Stadttheater hat es auf mich gewartet. Elizabeth in Jane Austens »Stolz und Vorurteil« hatte es bei allen Aufführungen an, mit einem leichten Strohhut und Korkenzieherlocken. Zu Hause habe ich es vorsichtig im Waschbecken ausgespült, nicht in der Maschine. Ich habe es im Garten in der Sonne trocknen lassen und dann mit der Hand eine Spitzenborte an der Taille aufgenäht, wo der Stoff schon ein bisschen brüchig war. Es passt perfekt, als hätte es jemand für mich maßgeschneidert. Ich habe mich im Spiegel angeschaut und mich gefühlt wie ein adliges Fräulein (auch wenn ich unter diesem traumhaften Sommerkleid immer noch eine Figur habe wie eine Spargelstange).

Zu Gina und Sina sage ich das alles natürlich nicht. Ich sage gar nichts und gehe schnell auf die andere Straßenseite. Das Kleid flattert dabei um meine knochigen Beine, und ich denke, dass ich es einfach zu Hause in meinem Zimmer an der Schranktür hätte hängen lassen sollen. Es fühlt sich falsch an über dem Betonboden, und es wird sich den ganzen Tag falsch anfühlen, auf dem Stapelstuhl im Klassenzimmer, in der Sportumkleide und auf dem Pausenhof. Und ich werde mich auch falsch anfühlen. Aber das tue ich eh jeden Tag, – egal, was ich trage –, deswegen macht es auch keinen Unterschied mehr.

Arm in Arm kommen Gina und Sina in den Biosaal und setzen sich nebeneinander auf ihre Stammplätze, zwei Reihen vor mir. Sina schüttelt ihre langen Haare aus und zwirbelt sie zu einem Knoten zusammen, genau wie Gina ihn oben auf dem Kopf trägt. Von hinten sehen die beiden fast identisch aus, nur dass an Sinas Ohren heute große goldene Creolen baumeln.

»Oh, ich liebe die!«, schwärmt Gina. »Kann ich sie mir mal ausleihen?«

Sina hat natürlich nichts dagegen. Es ist, als hätten die beiden einen Pakt geschlossen, gleich am ersten Tag im Kindergarten: »Ab sofort teilen wir alles!« – Sandschaufeln, Pausenbrote, Ohrringe, Klamotten und das ganze Leben. Nach der Schule gehen sie gemeinsam zum Tanztraining. Und wenn kein Training ist, dann schreiben sie sich bestimmt zahllose Nachrichten bis spät in die Nacht. In den Ferien fliegen sie zusammen mit ihren Eltern nach Fuerteventura oder Lanzarote. Und wenn Gina gerade einen Freund hat, dann ist Sina spätestens in zwei Wochen auch vergeben.

Ich muss an meinen ersten Tag im Kindergarten denken. Dass mit mir irgendwas nicht stimmen konnte, war Gina und Sina wohl schon in dem Moment klar, als wir Blumentöpfe mit Serviettenstücken bekleben sollten, zum Muttertag. Ich erinnere mich noch genau an ihre übereinstimmend entsetzten Blicke, als sie kapierten, dass ich keine Mama, aber zwei Papas habe.

Manchmal stelle ich mir vor, wie es wäre, wenn ich eine beste Freundin hätte. Eine, die mit mir alte, spitzenbesetzte Kleider tauschen und verreisen möchte, lieber in einer gefederten Postkutsche als mit dem Flugzeug. Eine, die jeden Morgen auf mich zurennt und mich umarmt, als hätten wir einander monatelang nicht gesehen, so wie Gina und Sina. Es muss ein schönes Gefühl sein, wenn jemand einen genauso mag, wie man ist. Dann braucht man sich nie zu fragen, ob man vielleicht durch irgendeinen Fehler im System am falschen Ort und in der falschen Zeit geboren worden ist.

»Happy Birthday!«, ruft Philippa, als sie wie immer nur Sekunden vor acht Uhr ihren Rucksack neben mir auf die Bank fallen lässt.

»Danke«, sage ich und lächle. Sie hat dran gedacht.

1

Philippa mustert mein Kleid, kommentiert es aber nicht. Sie ist wohl inzwischen daran gewöhnt, dass ich manchmal eigenartig herumlaufe. Genauso wie sie sich daran gewöhnt hat, dass mein Uralt-Handy die Bezeichnung »Smartphone« kaum verdient, weil es nicht einmal mehr Sprachnachrichten empfangen kann und die Kamera längst kaputt ist. Darüber dass ich mir auch dieses Jahr kein neues gewünscht habe, wundert sie sich nicht mehr. Philippa ist wirklich in Ordnung. Sie drückt mich kurz und fragt, ob ich ihr in der Pause die Englischaufgaben erkläre.

»Klar«, antworte ich. »Kein Problem.«

Eine beste Freundin kann man sich nicht zum Geburtstag wünschen. Aber ganz fest darauf hoffen, dass man sie nach vierzehn Jahren dann doch mal findet, das kann man.

2.
FRIEDA

»Herzlichste Gratulation zum Wiegenfest« steht auf der Karte. Die gezierten Blumenranken, die den Glückwunsch umrahmen, wecken Erinnerungen an höllisch ermüdende Zeichenstunden. Aber sei's drum – wenn mein »Wiegenfest« es mir erlaubt, einen Tag lang zu tun, wonach mir der Sinn steht und nicht meiner Mutter oder der sauertöpfischen Gouvernante, dann soll mir das recht sein.

Kurz hebe ich den Deckel des Kartons an, auf dem die Karte platziert war. Ein Berg aus rosa besticktem Musselin und Spitze quillt mir entgegen. Ein neues Kleid natürlich, welch Überraschung. Das kann warten, beschließe ich. Was nicht warten kann, ist eine Expedition zum Weiher hinter dem Park, denn heute ist einer der ersten heißen Sommertage. Schnell hole ich mir von der Köchin ein Einmachglas. Vielleicht erwische ich ja noch ein paar Kaulquappen.

Am Weiher angekommen streife ich meinen Rock ab, ziehe die Stiefel aus und springe im Unterkleid ins grünliche Wasser. An der Oberfläche zähle ich Schwimmkäfer, Stabwanzen und Wasserläufer. Dann tauche ich unter. Meine Augen gewöhnen sich an das milchige Licht, aber die Schlammschnecken halten sich heute verborgen, und Flohkrebse finde ich auch keine. Natürlich würde ich lieber bengalische Tiger oder Kaimane zählen, aber die naturwissenschaftlichen Gegebenheiten rund um Schloss Frankenhofen sind bedauernswert begrenzt.

Auf einmal dringt eine durch das Wasser gedämpfte Stimme an mein Ohr, und ich tauche auf, um zu sehen, was los ist. Da steht Agatha in ihrer Schürze am Ufer und winkt mir aufgeregt zu.

»Baronesse! Baronesse, schnell!«, ruft sie. »Der Schneider ist schon da!«

Jetzt erinnere ich mich dunkel, dass meine Mutter gestern etwas diesbezüglich erwähnt haben könnte. Für einen Moment überlege ich, so zu tun, als habe ich Agatha nicht gehört, aber das würde nur für unnötigen Verdruss sorgen.

»Hundskutteldreck«, murmle ich zu mir selbst und schwimme unwillig zurück ans Ufer.

Vor der Salontür stecke ich meine feuchten Locken notdürftig zusammen. Dabei entdecke ich ein paar schleimige Wasserlinsen, die ich schnell verschwinden lasse, bevor ich eintrete und mich Mutters prüfendem Blick stelle.

»Du riechst nach Sumpf«, konstatiert Johann, der wohl schon für einen neuen Anzug vermessen wurde.

»Und du nach Mottenkugeln und Stumpfsinn«, schieße ich zurück. Für unsere Verhältnisse kann man diesen geschwisterlichen Austausch geradezu als liebevoll bezeichnen.

Der Schneider tut höflich, als habe er nichts gehört, während er leicht irritiert meinen braunen Leinenrock mustert.

»Darf ich annehmen, dass der Zuschnitt bereits Ihren Vorstellungen entspricht, gnä' Fräulein?«, erkundigt er sich.

Kurz bin ich verwirrt, wovon er redet, aber dann fällt mir der rosa Musselin-Berg wieder ein. Offenbar war die Absicht dieser Zusammenkunft, daran genauere Anpassungen vorzunehmen.

Meine Gedanken müssen mir ins Gesicht geschrieben sein, denn meine Mutter zieht die Augenbrauen hoch.

»Du hast es noch nicht einmal anprobiert?« In ihrer Stimme schwingt neben Fassungslosigkeit auch eine gewisse Schärfe mit.

Der Karton mit dem Musselin-Berg wird eiligst herbeigeschafft und ich muss ihn anziehen. Er ist noch blumiger bestickt, als ich es auf den ersten Blick erahnen konnte, und in den engen Ärmeln ist kaum genug Platz, um meine Schultern zu bewegen.

Doch der Anblick ihrer Tochter in einem Meer aus Rosa und Spitze lässt die Baronin meine Verfehlung augenblicklich vergessen. »Ein Traum, Frieda-Schatz! Ein wahrhaftiger Traum!« Sie seufzt beseelt.

Am liebsten würde sie das Kleid wohl selbst tragen. Aber das schickt sich nicht für eine Dame ihres Alters, die die »Blüte ihrer Jugend« (wie sie es gerne ausdrückt) bereits hinter sich hat.

»Sie wird strahlen wie eine Rose in einem Feld voller Gänseblümchen«, bestätigt der Schneider. Er sollte sich lieber ans Nähen statt ans Worteschmieden halten.

Doch meine Mutter strahlt ebenfalls. »Fürwahr, das wird sie!«

Es fällt mir schwer zu glauben, dass sie tatsächlich von mir spricht. Aber ich bin ihre einzige Tochter und seit heute vierzehn Jahre alt, was wohl bedeutet, dass mein gesellschaftliches Debut in ihren Augen keinen Aufschub mehr duldet. Ich ahne, was mir bevorsteht: Musikabende im Kreise von Mutters betuchten Freundinnen, endlose Diners und stundenlanges Einstudieren stupider Formationstänze. Lektüre über den Wilden Westen und Kaulquappen-Studien im Einmachglas hingegen dürften nicht zu Mutters Verständnis von »sinnvollen Beschäftigungen« zählen.

»Wann …?«, bekomme ich noch heraus. Meine Stimme klingt, als hätte ich einen Frosch verschluckt.

»In sechs Wochen, beim Hyazinthenball auf Burg Kolbenstein«, eröffnet meine Mutter geschäftig, während sie an der Schärpe um meine Mitte nestelt und nach mehr Seidenblumen am Ausschnitt verlangt. »Der herzogliche Hof hat uns beide eingeladen.«

In diesem Moment weiß ich, dass der heutige Tag für eine ganze Weile der letzte bleiben könnte, an dem ich tat, wonach mir der Sinn stand.

3.
DOTTIE

Ich streiche über das dunkle, rötlich schimmernde Holz und klappe die schräge Schreibfläche hoch, auf der Kratzer, Tinten- und Wasserflecken ein verworrenes Muster bilden. Ein Scharnier quietscht leise.

Das Aufbewahrungsfach darunter riecht nach Möbelwachs und Geschichte.

»Frühes 19. Jahrhundert«, schätzt der Trödelhändler und nickt mir anerkennend zu.

»Jeez, Dottie-Pie.« Mein Dad seufzt, als er das Schreibpult sieht, und kratzt sich seinen roten Räuberbart. »Den alten Kasten willst du haben?«

»Auf jeden Fall lieber als ein neues Smartphone oder einen Laptop«, stelle ich klar. »Ihr habt gesagt, dass ich mir mein Geschenk selber aussuchen darf.«

Dad schüttelt amüsiert den Kopf: »You're a special bird.« Das klingt doch mehr nach einem Kompliment, als wenn man auf Deutsch jemanden einen »komischen Vogel« nennt. Er ruckelt noch mal kritisch an einem Tischbein, um die Stabilität zu prüfen. Dann legt er die Kreditkarte auf den Kassentisch. »Den Holzwurm gibt's gratis dazu?«

Wie zu befürchten war, kommt Brets spezieller Humor bei dem Trödelhändler nicht gut an.

»Alle meine Stücke sind garantiert schädlingsfrei!«, empört er sich und straft den unverschämten Amerikaner mit einem missbilligenden Blick.

Ich spüre, wie meine Wangen ein bisschen rot werden, dabei sollte ich das ja gewohnt sein.

Dad lacht nur. »Na dann: Happy Birthday!«

Er packt das Schreibpult auf seinen breiten Rücken und hievt es draußen auf die Ladefläche des alten Pick-ups. Niemand sonst in Rödelkofen fährt einen Pick-up. Aber mein Dad macht viele Sachen, für die ihn die Rödelkofener schief ansehen. Gestört hat ihn das offenbar noch nie.

Jetzt steht das Schreibpult also in meinem Zimmer, direkt unter dem Fenster, wo das warme Nachmittagssommerlicht hereinfällt. So sieht es noch hübscher aus als in dem dunklen Trödelladen. Ich rücke den alten Holzstuhl, den ich auf dem Sperrmüll gefunden habe, direkt davor und hoffe, dass es sich auch wohlfühlt in seinem neuen Zuhause. Für einen Moment ist diese kribbelige Freude im Bauch zurück, an die ich mich noch von meinen Kindergeburtstagen erinnere.

»Danke, Dad.«

»Und was ist jetzt dein zweiter Wunsch?«, will er wissen.

Ich versuche, meine Nervosität zu ignorieren, und spiele auf Zeit: »Das sag ich euch, wenn Papa zu Hause ist.«

Aber ich fürchte, dass Bret und Fred von meinem zweiten Geburtstagswunsch noch weniger begeistert sein werden als von einem uralten, möglicherweise holzwurmbefallenen Möbelstück.

4.
FRIEDA

»Mademoiselle? Wir möschten uns ’eute mit Scherenschnitt beschäftigen«, flötet die Dompierre und wedelt euphorisch mit einem schwarzen Blatt Papier.

»Möchten *wir* das?«, frage ich zurück und rühre mich demonstrativ nicht von der Stelle. Diesen übertriebenen Akzent setzt die Dompierre auch nur auf, wenn sich die Baronin in Hörweite befindet. Meine Mutter erachtet es nämlich immer noch als très chic, eine echte Französin zu meiner geistigen Ertüchtigung angestellt zu haben.

»Darf isch Sie bitten, mir zu folgen«, säuselt sie, die Höflichkeit in Person, und weist mir den Weg ins Musikzimmer, als könnte ich zwischenzeitlich vergessen haben, wo wir jeden Tag stundenlang unseren sinnlosen Tätigkeiten nachgehen. Inwiefern mich Scherenschnittübungen auf mein zukünftiges Leben in der feinen Gesellschaft vorbereiten sollen, ist mir schleierhaft, aber ich tue ihr den Gefallen und setze mich.

Sie platziert eine Vorlage vor mir auf dem Schreibpult. Eine hügelige Landschaft mit Bäumen, zwischen denen sich ein Flüsschen entlangschlängelt.

Mutter würde es als »lieblich« bezeichnen. Was ich denke, will bestimmt mal wieder niemand hören, deshalb enthalte ich mich eines Kommentars.

»Wo ist das?«, frage ich nur sachlich. Ein wenig geografische Einordnung kann zumindest nicht schaden und vielleicht kommen wir so auf interessantere Themen zu sprechen.

»Das kann isch Ihnen leider nischt sagen.«

»Sie meinen, den Ort gibt es überhaupt nicht?«, hake ich nach.

»Es ist wohl ein Ort der fantaisie«, erwidert sie mit einem süßlichen Lächeln.

»Wieso sollte ich einen Ort ausschneiden, an dem ich noch nie war und der überhaupt nicht existiert?«

»Man könnte das Bild in den Salon hängen«, schlägt die Dompierre vor, und für einen Moment kaufe ich ihr wirklich ab, dass sie selbst nicht merkt, wie absurd das ist – schon allein, weil sie inzwischen wissen müsste, dass man mit meinen Ausschneidekünsten keinen Besuch zu Begeisterungsstürmen verleiten kann.

Mit einem tiefen Seufzer nehme ich die winzige Schere zur Hand und fange an, das Papier zu bearbeiten. Besser schnell zum Ende kommen, als noch länger zu diskutieren. *Schnipp, schnipp, schnipp*, ein Baum. Und noch einer. Vielleicht ein bisschen zackig, aber wen interessiert das schon. Dann das Flüsschen. Die Dompierre hat ihre feine Nase unterdessen in ein Buch gesteckt und blickt auch nicht mehr auf.

Da! In dem lieblichen Flüsschen regt sich etwas. Ein Krokodil streckt den Kopf heraus, mit weit aufgerissenem Maul. Die vielen spitzen Zähne bekommt man mit der winzigen Schere tatsächlich recht fein hin. Auf dem vorderen Baum fehlt nur noch eine Boa, die sich gefährlich um einen Ast windet. Das dauert nicht lange.

»Fertig!«, rufe ich und lege die Schere beiseite.

Die Dompierre schaut überrascht auf und tritt an mein Pult, um das Kunstwerk zu begutachten. Dramatisch reißt sie die Augen auf, als würde das Papierkrokodil sie gleich persönlich anfallen.

»Mon Dieu! Mademoiselle!«, stößt sie hervor.

»Brasilien«, erkläre ich kühl. »Der Fluss heißt Amazonas. Außer von Krokodilen und Schlangen wimmelt es dort auch von Stechmücken. Die konnte ich im Scherenschnitt leider schlecht darstellen. Mancherorts muss man sich nachts in den Sand eingraben, sodass bloß der Kopf hervorragt, sonst wird man von den Biestern bei lebendigem Leib gefressen.«

Die Dompierre hat sichtlich Mühe, ihre Contenance zu bewahren. Die feine Ader an ihrer Schläfe läuft bläulich an und ihre Nasenflügel beben.

»Isch wage zu be'aupten, dass Sie dort auch noch nie waren«, stellt sie spitz fest. In diesem Punkt hat sie ausnahmsweise recht.

»Aber da komme ich noch hin«, sage ich und lächle dabei fast genauso charmant, wie sie es immer tut. »Und dann schreibe ich Ihnen einen lieben Gruß.«

5.
DOTTIE

»Ich verstehe es einfach nicht«, regt Papa sich auf, als er von der Lehrerkonferenz nach Hause kommt. »Kann das denn wirklich so schwer sein? Ich habe doch allen bei der Einführung erklärt, wie man damit umgeht – und zwar ausführlichst!«

Bret und ich wechseln einen abgeklärten Blick. »Die neue Noten-Software«, sagen wir, wie aus einem Mund, denn worum sollte es auch sonst gehen.

Fred rauft sich die Haare, die genauso mausblond und schnittlauchlockig sind wie meine.

»Bei manchen Kollegen könnte man denken, die leben sogar gerne in der digitalen Steinzeit!«, stellt er fest und schaut uns an, als erwarte er, dass wir seine Fassungslosigkeit nachfühlen können.

Er scheint vergessen zu haben, dass auch seine eigene Tochter sich in der digitalen Steinzeit ganz wohlfühlen würde. Wenn es nach ihm ginge, wäre das Rödelkofener Schulzentrum bestimmt längst komplett vernetzt und durchdigitalisiert, mit Tablets an jedem Sitzplatz. Es ist wirklich erstaunlich, denke ich, wie verschieden zwei Menschen sein können, die einander so ähnlich sehen wie Papa und ich. Sogar seine knochigen Knie haben die exakt gleiche Form wie meine.

»Come on, let's have some pie«, lenkt Dad das Gespräch jetzt auf die wirklich wichtigen Dinge.

Beim Anblick des Geburtstagskuchens, der schon auf der Terrasse bereitsteht, beruhigt Papa sich tatsächlich. »Mhmm, Rhabarber-Erdbeer-Pie! Das ist meine Lieblingskombination.«

Meine auch. Hunger habe ich gerade trotzdem keinen, weil ich mir schon vorstellen kann, wie enttäuscht die beiden gleich sein werden. Wenn Bret und Fred etwas heilig ist, dann unsere Sommercampingtrips zu dritt. Aber es wird auch nicht besser, wenn ich noch länger warte und die Broschüre in meinen Händen knete.

»Also, wegen der Ferien …«, setze ich an.

Weiter komme ich nicht, denn da stürmt Bo auf die Terrasse und lässt vor meinen Füßen eine vollgestopfte Sporttasche fallen.

»Ich zieh zu euch!«, verkündet er.

»Oh«, antwortet Papa.

Ich hoffe sehr, dass er dazu doch noch etwas mehr zu sagen hat. Jedenfalls habe ich keine Lust, mir das Haus und meine Dads mit einem Dreizehnjährigen zu teilen, der aus irgendwelchen Gründen glaubt, hier ein- und ausgehen zu können, wie es ihm gefällt.

»Du hast Krach mit deiner Mutter?«, vermutet Bret.

»Ja, Mann! Die ist total ausgetickt«, beschwert sich Bo. »Nur weil ich mir den Baseballhandschuh besorgt hab, den du mir gezeigt hast. Damit wir zwei mal wieder paar Runden werfen können.«

Diese Aussicht lässt Dads Baseballer-Herz merklich höherschlagen. An Papa gewandt wundert er sich: »Da kann Mia doch nichts gegen haben, wenn der Junge den Handschuh von seinem eigenen Geld bezahlt.«

»Joa, vielleicht hab ich das vergessen«, meint Bo lapidar, bevor er sich als Erster und ohne zu fragen ein Stück Pie auf den Teller lädt und sofort beginnt, es in sich hineinzuschaufeln.

»Hammer! Danke!« Er strahlt Dad an, der sich durch das Lob seiner Backkünste tatsächlich für einen Moment vom eigentlichen Thema ablenken lässt.

Im Gegensatz zu Papa. »Verstehe ich das richtig, dass du einen Neunzig-Euro-Baseballhandschuh *geklaut* hast?«, hakt er nach.

»Mit Gutschein nur siebzig«, berichtigt Bo angesäuert. »Aber das war den Bullen halt mal furzegal.«

Das ist das erste Mal, dass Bo nicht nur Ärger mit Mia, sondern auch mit der Polizei hat. Papa sieht Dad Hilfe suchend an, aber der weiß selber nicht recht, wie er mit dieser Information umgehen soll.

»Ach, fast vergessen: Happy Birthday!«, nuschelt Bo zwischen zwei Pie-Bissen, kramt in seiner Hosentasche und wirft mir einen unverpackten Handy-Lautsprecher zu. Er ist knallpink und kugelrund.

Ob er den auch im Sportgeschäft geklaut hat, will ich jetzt lieber nicht fragen.

Aber Bos Geschenk erinnert mich und die Dads daran, dass ja immer noch mein zweiter Geburtstagswunsch unausgesprochen in der Luft hängt.

»Was wolltest *du* uns eigentlich sagen?«, fragt Papa, eine Spur angestrengt.

Das Bonus-Sohn-Problem wird also fürs Erste vertagt und jetzt komme ich nicht mehr drum herum.

»Ich möchte mich da anmelden«, murmle ich und schiebe ihm die verknickte Broschüre hin.

Papa wirft einen Blick hinein und zieht kurz die Augenbrauen hoch. »Eine Zeitreise ins 19. Jahrhundert«, liest er vor. »Theater-Workshops, Ausflüge, Tanz und Bogenschießen …«

»Das ist eine Ferienfreizeit hier in der Nähe. Drei Wochen auf Schloss Frankenhofen«, erkläre ich. »Ein paar Plätze sind noch frei …«

»Hm«, macht Papa und reicht die Broschüre an Dad weiter. »Was meinst du?«

Begeisterung klingt anders, aber das konnte ich mir ja denken.

Bret blättert zu der Seite mit den Fotos. Eines zeigt Mädchen und Jungs, die in historischen Kostümen für eine Aufführung proben. Natürlich ist das Schloss nicht gerade im Original-Zustand, und die Zimmer erinnern mehr an eine Jugendherberge als an noble Gemächer, aber schon alleine die Vorstellung, jeden Morgen hinter den dicken Burgmauern aufzuwachen, im Spiegelsaal zu frühstücken und dann durch das große Tor auf den gekiesten Schlosshof zu gehen, lässt es in meinem Bauch kribbeln.

Bo schaut Bret über die Schulter. »Sieht alt aus«, kommentiert er abschätzig, obwohl niemand ihn um seine Meinung gebeten hat.

»Also, ich durfte mit vierzehn nicht alleine verreisen«, gibt Papa zu bedenken.

»Wir haben sie auch alleine zu meiner Schwester fliegen lassen«, meint Dad. »Und das Betreuungspersonal ist pädagogisch geschult, steht hier.«

»Aber drei Wochen sind eine lange Zeit …«

»So lang auch wieder nicht«, schlägt sich Bret auf meine Seite.

»Meine Eltern haben mich immer den halben Sommer ins Feriencamp gesteckt.«

»Und du hast es gehasst!«, erinnert ihn Fred.

Dad seufzt, legt den Arm um seinen Mann und schaut ihm ernst in die Augen. »Honey, sie kann nicht bis ans Lebensende jedes Jahr mit uns zelten gehen.«

Die Aussicht, sich von unserer lieb gewonnenen Tradition zu verabschieden, fällt Papa nicht leicht. Das ist ihm deutlich anzumerken. Ich beiße mir auf die Lippe und wünsche mir schon fast, gar nicht erst mit dem Thema angefangen zu haben.

»Na gut, meinetwegen«, brummelt er schließlich.

Und damit ist es entschieden.

6. FRIEDA

Ich will eben hinaus zu den Stallungen, da hält mich mein Vater auf. »Frieda?«

Er reibt sich mit dem Daumen die Stirnfalten, wie immer, wenn ihm etwas Unerfreuliches obliegt. »Mir ist zu Ohren gekommen, dass dein Betragen heute zu wünschen übrig ließ. Du seist gegenüber der Gouvernante impertinent geworden und habest sie regelrecht brüskiert?«

»… sagt Mutter«, vervollständige ich seinen Satz. ›Impertinent‹ und ›brüskiert‹ sind Ausdrücke, die wohl niemand so häufig verwendet wie sie.

Er nickt. »Sie bat mich, ein gestrenges Wort mit dir zu reden.«

Eigentlich hätte ich es erwarten können: Die Dompierre ist natürlich mit ihrer Beschwerde direktemang zur Baronin geeilt, welche sie an meinen Vater weitergegeben hat, der jetzt pflichtschuldig die Konsequenzen zieht. Offenbar hält Mutter es für wirkungsvoller, in erzieherischen Fragen den Gutsherrn vorzuschicken – der männlichen Autorität wegen –, obwohl sie hier wie überall die Fäden in der Hand hält.

Während er sich weiterhin beharrlich die Stirnfalten massiert, ermahnt Vater mich, dass wir uns glücklich schätzen können, die patente Französin überhaupt hier zu haben. Ich bin da anderer Meinung, mag ihm aber nichts vorwerfen. Schließlich war auch die Einstellung der Dompierre nicht seine Entscheidung. Artig verspreche ich ihm, mich meiner guten Kinderstube zu besinnen und gleich noch gewissenhaft Vokabeln zu lernen. Er lässt es dabei bewenden. Mutter hatte sich unter dem »gestrengen Wort« sicherlich etwas anderes vorgestellt.

Aus den Stallungen wiehert mir Kentucky schon freudig entgegen. Seine Stimme würde ich unter Hunderten anderer Pferde heraushören. Er wird enttäuscht sein, dass wir auf unseren Ausritt verzichten müssen. Ich gehe trotzdem für einen Moment hinein, gebe ihm etwas Heu und streichle über seine weichen Nüstern. Das Fell um die Augen wird langsam grauer und auch sein Rücken senkt sich schon vom Alter. Vielleicht noch ein Jahr, länger kann ich ihn wohl nicht mehr reiten. Ich werde ein größeres Pferd brauchen, ein Pferd für junge Damen. Das ist nicht der erste Moment heute, in dem ich wünschte, es gäbe einen Hebel, mit dem man die Zeit anhalten könnte.

Hufe klappern auf dem Pflaster. Fidelis kommt auf seinem Rappen zurück. Sansibars Fell glänzt feucht unter dem Sattel und seine Beine sind schlammbespritzt. Als Fidelis meine Miene sieht, weiß er, was los ist.

»Na komm, morgen ist ein neuer Tag«, versucht er, mich aufzubauen.

Aber mein Gefühl sagt, dass es mir auch in Zukunft schwerfallen wird, mein Temperament vor der Dompierre im Zaum zu halten. Und auf wessen Seite sich unsere Mutter in dieser Gleichung befindet, hat sie unmissverständlich klargemacht.

»Du musst sie auch ein wenig verstehen«, fordert Fidelis. »Schließlich war sie selbst mal eine.«

Daran habe ich gar nicht mehr gedacht. Bevor unsere Mutter den Baron kennengelernt hat, verdingte sie sich tatsächlich ein paar Jahre lang als Gouvernante. Sie redet nicht oft über diese Zeit.

»Und wennschon«, gebe ich schroff zurück. Natürlich hat Fidelis mal wieder mehr Nachsicht mit ihr. Wobei mir das sicherlich auch leichterfiele, wenn ich der Erstgeborene und erklärter Favorit meiner Mutter wäre. Ihn hält niemand vom Ausreiten ab. Er darf fechten oder Bogen schießen, wann immer ihm der Sinn danach steht.

»Die Dompierre ist im Grunde ganz in Ordnung«, meint Fidelis. »Versuch doch einfach, ein wenig netter zu ihr zu sein. Vielleicht erzählt sie dir dann von Frankreich.«

»Frankreich interessiert mich nicht«, schlage ich seinen Rat in den Wind (auch wenn er es ja nur gut mit mir meint). »Wenn sie aus Amerika oder Brasilien oder vom Kap der Guten Hoffnung käme, das wäre etwas anderes.«

Fidelis seufzt und verdreht die Augen. »Oh, Fritz …« So nennt er mich nur noch selten und meist bloß, wenn wir beide allein sind.

Dann fällt ihm offenbar etwas ein. »Warte kurz, ich habe noch etwas für dich.«

Er verschwindet in der Sattelkammer und kehrt kurz darauf mit einem Päckchen zurück. »Alles Gute zum Geburtstag!«

Ein dickes Buch kommt unter dem braunen Packpapier zum Vorschein. »Söhne der weiten Prärie« steht in großen Lettern auf dem Titel, der einen stolzen Häuptling mit Federschmuck zeigt. Auf den Innenseiten bebildern aufwendige Zeichnungen das Leben am Mississippi River.

»Aber lies nicht wieder alles auf einmal«, mahnt Fidelis mit einem Schmunzeln. Manchmal kennt er mich fast zu gut.

Ich versetze ihm einen Stoß mit dem Ellenbogen, den er aber geschickt abfängt. Stattdessen legt er den Arm um meine Schultern und zieht mich kurz und kräftig an sich.

»Danke«, sage ich.

Während Fidelis den Stallburschen anweist, seinen Rappen trocken zu reiben, setze ich mich mit meinem neuen Buch neben Kentucky auf den Boden. Er schnuppert an den Seiten und schnaubt zufrieden, bevor er sich wieder seiner Heuraufe zuwendet. Ich lasse die vermaledeiten Vokabeln Vokabeln sein und schlage die erste Seite auf. Die Geräusche um mich herum verblassen, das Stroh unter meinen Beinen wird zu Präriegras und ich kann die Bisons schnauben hören.

7.
DOTTIE

11. Juli – Nur noch drei Wochen bis zu den Sommerferien, schreibe ich.

Im Kramladen in der Büttnergasse, wo außer mir vermutlich seit Jahren niemand unter fünfundsiebzig mehr einkauft, habe ich schnell noch ein einfaches Heft besorgt. Es hat einen blassgrünen Einband und linierte cremefarbene Seiten, wie man sie hatte, lange bevor irgendetwas »chlorfrei gebleicht« wurde. Mit einem gewöhnlichen College-Block kann ich das Schreibpult ja schlecht einweihen.

Mein Kolbenfüller, der vor vielen Jahren Uropa Hans gehört hat, ist frisch mit Tinte betankt. Ich mag das Gefühl, wenn das Blau gleichmäßig aus der Feder auf die Seiten fließt und die Zeilen sich füllen.

Draußen ist es schon dunkel. Von unten höre ich Bos Stimme, der sich mit einem »Also, haut rein!« ins Gästezimmer verabschiedet. Er hat es tatsächlich geschafft, dass meine Väter ihn erst mal hier übernachten lassen.

Kurze Zeit später kommen Papa und Dad die Treppe herauf.

»Meinst du wirklich, dass das eine gute Idee ist mit dieser Ferienfreizeit?«, höre ich Fred leise fragen.

Ich mache schnell das Licht aus, damit sie nicht merken, dass ich noch wach bin.

»Why not?«, hält Bret dagegen.

Papa seufzt. »Wahrscheinlich hast du recht. Vielleicht trifft sie auf dem Schloss ja ein paar Mädels, die ein bisschen mehr auf ihrer Wellenlänge sind.«

Ich muss schlucken. Natürlich wünsche ich mir genau das, aber irgendwas sagt mir, dass Wünsche erst recht nicht in Erfüllung gehen, wenn man sie so direkt laut ausspricht.

Erst als ich ganz sicher bin, dass die Dads im Bett sind, schalte ich die kleine Schreibtischlampe wieder an und schreibe weiter:

Ich glaube, ich habe mich noch nie so sehr auf die Ferien gefreut. Sonst zähle ich auch immer die Tage, von Fasching bis Ostern, von Ostern bis Pfingsten … Aber dieser Sommer wird etwas Besonderes, das spüre ich. Drei Wochen werde ich an einem Ort verbringen, an dem das Analoge immer noch mehr zählt als das Digitale, an dem jede Bodendiele und jede Treppenstufe voller Geschichte steckt. Ein Ort für Menschen, die Fernweh haben nach einem anderen Jahrhundert – so wie ich.

Wenn ich mein neues (altes) Schreibpult ansehe, mit den Schrammen an den gedrechselten Beinen und den Kratzern in der Nussbaumplatte, dann frage ich mich, wer alles wohl vor mir hier saß. Ob sie auch Kleider trugen wie das weiße aus dem Theaterfundus? Ob sie älter waren oder jünger als ich? Ob es sie gestört hat, dass das Messingscharnier im Inneren, wo das Holz heller geblieben ist, ein wenig quietscht? Ich möchte wissen, wer diese Menschen waren und wie sie gelebt haben. Welche Erinnerungen haben sie auf der Schreibplatte festgehalten? Und welche Geheimnisse haben sie darunter verborgen? Hier sitze ich, am Ende ihrer langen Reihe, und wünsche mir, dass ich sie kennenlernen könnte.

Es ist schon spät, als ich das Heft schließlich unter die Klappe lege. Nur noch drei Wochen, denke ich, während ich ins Bett krieche. Es klingt ein wenig wie ein Zauberspruch, wie eine Beschwörung, dass alle meine unausgesprochenen Wünsche endlich in Erfüllung gehen.

8.
FRIEDA

Am nächsten Morgen sitze ich pünktlich – sogar vor Ankunft der Dompierre – an meinem Pult und beweise eben den »guten Willen«, den Mutter von mir einfordert. Leider kann ihn niemand sehen, denn wie immer bin ich hier alleine. Ich wünschte, ich könnte weiterhin mit meinen Brüdern bei unserem alten Hauslehrer Hinkel lernen, der nicht nur dank seines immensen Bauchumfangs ein Bild von grundlegender Gemütlichkeit abgab, welche auch unsere Schulstunden prägte. Aber diese Zeiten sind vorbei. Johann und Fidelis besuchen nun das Gymnasium in der Stadt.

Heute steht Französisch auf dem Stundenplan. Ich öffne die Pultklappe, um Buch und Heft hervorzuholen. Doch das Heft, das mir als Erstes in die Hand fällt, ist grün, nicht grau wie das meinige. Auch weist es kein einziges Eselsohr auf, was ebenfalls darauf schließen lässt, dass es nicht mir gehört. Hat es die Dompierre oder einer meiner Brüder hierhinein gelegt? Denkbar wäre es. Aber warum?

Auf der Innenseite hat jemand seinen Namen eingetragen: Dorothea Baker steht da in perfekt geraden Buchstaben.

Ich blättere weiter.

11. Juli - Nur noch drei Wochen bis zu den Sommerferien, beginnt der Eintrag auf der ersten Seite. Ich lese, hastig und wie behext, auch wenn ich nicht alles verstehe. Genau genommen habe ich tausend Fragen. Aber was ich verstehe, ist, dass dieses Mädchen, Dorothea, auf demselben Pult schreibt, an dem ich gerade sitze. Wie das möglich sein kann, das weiß ich nicht.

Ohne nachzudenken, schlage ich eine frische Seite auf und tunke die Feder ins Tintenglas. Fürs Abstreifen bleibt keine Zeit. Prompt hinterlässt sie einen dicken Klecks auf dem Holz, für den ich der Dompierre sicherlich wieder Rechenschaft ablegen muss, aber sei's drum.

Ich entscheide mich für die wichtigste der tausend Fragen: Wer bist du?, schreibe ich, gerade noch rechtzeitig, bevor die Gouvernante das Zimmer betritt. Schnell schiebe ich das Heft unter die Klappe und schlage den Deckel zu.

9. DOTTIE

Die Anmeldung für die Ferienfreizeit habe ich gleich heute Morgen abgeschickt und im Kopf packe ich schon die Koffer, dabei stehen mir immer noch dreizehn Schultage bevor.

»Ich habe überhaupt keinen Bock auf Ägypten«, mault Philippa auf dem Weg zur Bushaltestelle. »Ich will einfach nur zu Hause bleiben, bisschen zocken, entspannt ins Freibad gehen … Aber meine Eltern sagen, ich muss mit.«

»Hotelurlaub wäre jetzt auch nicht so meins«, stimme ich ihr zu.

»Wie ist denn das bei deiner Zeitreise? Sind auf dem Schloss da auch Jungs dabei?«

»Denke schon.«

Ich versuche, mir Nick aus der Neunten in Gehrock und Zylinder vorzustellen. Er sähe bestimmt fantastisch aus. Ich habe ihn natürlich nicht gefragt, was er in den Ferien vorhat. Käme auch ziemlich komisch, weil wir noch nie mehr als zwei Worte miteinander gewechselt haben. Aber aller Wahrscheinlichkeit nach wird er seinen Sommer in Badeshorts zwischen Zehnmeterturm und Liegewiese verbringen.

Ich will Philippa gerade erzählen, dass Bo sich auf unbestimmte Zeit bei uns einquartiert hat. Da merke ich, dass ihr Blick an der anderen Straßenseite festhängt. Sie hat ihren Schwarm entdeckt.

»Hey, Miro! Warte mal!«, ruft sie und rennt los. Ich will Schritt halten, aber mit dem klobigen Geigenkasten, der über meiner Schulter baumelt, klappt das nicht.

»Ja dann … bis morgen«, sage ich noch. Aber Philippa hört mich schon nicht mehr.

Als ich von der Geigenstunde nach Hause komme, hat Bo es gerade geschafft, die ganze Küche mit stinkendem Qualm zu füllen, weil er die Plastikfolie auf der Tiefkühlpizza vergessen hat. Schnell flüchte ich in mein Zimmer, sowohl vor der Qualmwolke als auch vor Bo, bevor er mich wieder in ein sehr einseitiges Gespräch über Baseball oder Computerspiele verwickeln kann.

Das Pult steht an derselben Stelle wie heute Morgen, aber irgendetwas ist anders … Der dicke Tintenfleck mitten auf der Schreibfläche, der war vorher noch nicht da! Sofort wird mir klar, was passiert sein muss: Bo ist in mein Zimmer gegangen, während ich noch in der Schule war, und hat in meinen Sachen gewühlt. Dabei ist ihm wohl der Füller ausgelaufen. Bei näherer Betrachtung sieht der Fleck zwar schon ziemlich eingetrocknet aus, aber wie soll er sonst dahin geraten sein?

Ein dicker Kloß Wut steigt in meinem Hals auf. Das ist *mein* neuer Schreibtisch, *mein* Kolbenfüller und *mein* Zimmer – der einzige Raum, in dem alles so sein darf, wie es mir gefällt! Mein Gesicht wird heiß, und ich merke, wie meine Augen zu brennen beginnen, ohne dass ich etwas dagegen tun kann. Warum muss ich immer heulen, wenn ich wütend bin? Eine heulende Vierzehnjährige nimmt niemand besonders ernst. Bo würde wahrscheinlich nur laut loslachen, wenn ich ihn so konfrontiere. Mit aller Kraft versuche ich, mich zusammenzureißen, während ich mich hektisch weiter nach Spuren umsehe. Da kommt mir ein unerträglicher Gedanke: Hoffentlich hat Bo nicht gelesen, was ich gestern geschrieben habe!

Das grüne Heft liegt seelenruhig unter der Klappe, genau wo ich es versteckt habe. Aber es liegt da nicht alleine. Was tun dieses zweite, etwas zerfledderte Heft und das alte Schulbuch hier drin? Ich schlage mein Heft auf … und da sehe ich sie: drei Worte in altmodischer Schreibschrift. Die Tinte – königsblau, genau wie der Fleck – hat Schmierer hinterlassen. Die schrägen Buchstaben scheinen von der Seite fliehen zu wollen. Das ist nicht Bos Schrift, so viel ist sicher. Der heiße Kloß in meinem Hals löst sich auf. Zurück bleibt eine große Verwirrung. *Wer bist du?*, fragt die Schrift – und genau das möchte ich sie auch fragen.

Die Tür geht auf und ich fahre herum. Natürlich klopft Bo nicht an, obwohl er weiß, dass ich es nicht leiden kann, wenn man unangekündigt in mein Zimmer kommt.

»Schon mal was von Privatsphäre gehört?«, schimpfe ich, aber meine Stimme zittert vor Aufregung.

Bo hebt in einer übertriebenen Geste beschwichtigend die Hände. »Wollte nur abchecken, ob ich dir auch 'ne neue Pizza vom Supermarkt holen soll. Und sorry, dass es so stinkt …«

Zu meinem Erstaunen klingt das wirklich so, als ob mein Bonus-Bruder ausnahmsweise einfach nur nett sein möchte. Vielleicht habe ich ihm unrecht getan, und er war doch nicht heimlich in meinem Zimmer, denke ich, und will schon aufatmen.

Im nächsten Moment bleibt Bos neugieriger Blick an dem

aufgeschlagenen Heft vor mir auf dem Pult hängen. Manchmal glaube ich, dass er Geheimnisse wittern kann wie ein Spürhund, hundert Meter gegen den Wind.

»Funghi und Prosciutto«, stammle ich und hoffe inständig, dass er nicht merkt, wie auffällig verkrampft ich das Heft mit meinem Arm abzuschirmen versuche.

»Geht klar«, bestätigt er, bewegt sich aber nicht von der Stelle, bis ich kapiere, dass er noch auf Geld für die Pizza wartet. Schnell krame ich einen Zehner aus meiner Tasche und drücke ihm den in die Hand. Da dreht er sich endlich um und zieht los.

Als ich die Haustür ins Schloss fallen höre, atme ich dreimal tief durch, bevor ich den Füller nehme und losschreibe, ohne einmal abzusetzen:

Mein Name ist Dorothea Baker, aber die meisten nennen mich »Dottie«. Seit gestern bin ich vierzehn Jahre alt. Ich lebe in Rödelkofen, einer Kleinstadt, die für wenig mehr bekannt ist als eine Ausgrabungsstätte aus der Römerzeit und eine Kloßmanufaktur, die gerade ihr hundertjähriges Bestehen feiert. Ich gehe in die achte Klasse, spreche Deutsch und Englisch, spiele Violine und fürchte mich vor Fledermäusen. Ich liebe den Geruch alter Bücher, das Gefühl, wenn sich der Theatervorhang öffnet, und den Geschmack von Rhabarber-Erdbeer-Pie.

10.

Liebe Dottie,
so ein verrückter Zufall! Auch ich bin gestern vierzehn Jahre alt geworden, auch ich liebe Rhabarber und Erdbeeren. Ist ein Pie wohl ein spezielles Gebäck? Ich kenne sogar Rödelkofen, obgleich ich selbst noch nie dort war. (Überhaupt war ich noch so gut wie nirgendwo!) Unser Gärtner stammt aus deiner Stadt. Fledermäuse allerdings kann ich gut leiden. Unter unserem Dach hausen Dutzende, die in der Dämmerung ausschwärmen. Ich sehe ihnen gerne zu, wie sie über dem Weiher ihre gewagten Flugmanöver vollziehen. Manchmal fliegen sie auch ganz nah an meinem Fenster vorbei.
Aber wie in aller Welt kann es sein, dass dieses Heft hin- und herwandert, zwischen meinem Pult und dem deinigen, welches, so wie du es beschreibst, meinem aufs Haar gleicht?
Es grüßt dich
Deine Frieda

Liebe Frieda,
ich kann es mir auch nicht erklären. Der Trödler, bei dem ich mein Pult gefunden habe, konnte mir nicht viel darüber erzählen. Ich habe keine Ahnung, wo es ursprünglich herkommt. Woher hast du dein Pult?
Ich habe ein bisschen in dem hübschen alten Französischbuch und dem Schulheft geblättert, die im Fach lagen. Gehören die auch dir? Es sieht aus, als ob du mit Federkiel und Tinte schreibst. Das möchte ich auch mal ausprobieren. Ich finde es übrigens total schön, wie du schreibst, die Worte, die du verwendest und alles.
Gerade kam mir noch der Gedanke, dass diese Verbindung mit dem Pult irgendwas damit zu tun haben könnte, dass wir den gleichen Geburtstag teilen.
Aber das macht keinen Sinn, oder?
Dottie
PS: Ein Pie ist ein flacher Kuchen, so ähnlich wie eine Tarte.

Liebe Dottie,
danke für deine lieben Worte. Ja, die Schulsachen gehören auch mir, leider. Dem Französischen kann ich wahrlich nicht viel abgewinnen. Englisch zu lernen, würde mir bestimmt mehr zusagen. Eine Sprache der Wissenschaft, nicht so ein blumiges Gesäusel.
Das Pult stand immer in unserer Bibliothek, solange ich denken kann. Vor Kurzem musste es aber ins Musikzimmer weichen. Schon mein Vater hat es benutzt, als er ein Junge war. Aber ich habe noch nie etwas darin gefunden, das da nicht hingehörte - bis auf einmal dein Heft unter der Klappe lag. Woher

das wohl rühren mag? Lass es uns ergründen und schreibe bitte bald zurück!
Frieda

Meine Güte, Frieda,
ihr habt eine Bibliothek und ein Musikzimmer? Lebst du auf einem Schloss? Wie aufregend!
Dottie
PS: Sorry für die kurze Nachricht, muss gleich zur Orchesterprobe.

Liebe Dottie,
unser Familiensitz nennt sich Schloss Frankenhofen. Das hätte ich wirklich früher erwähnen können! Aber lass dir versichern, aufregend ist es hier mitnichten.
Frieda

Frieda,
Wahnsinn, dass du ausgerechnet auf Schloss Frankenhofen lebst. Schon wieder so ein verrückter Zufall! (Ehrlich gesagt wusste ich gar nicht, dass das Schloss noch bewohnt ist.) Aber es wird noch besser: Ich komme zu dir, schon in siebzehn Tagen! Meine Eltern haben mich gerade angemeldet, für die ersten drei Ferienwochen. Hoffentlich fährst du nicht ausgerechnet dann in den Urlaub, damit wir uns sehen können!
Noch etwas: Mich würde interessieren, ob unser Trick nur mit Heften und Büchern funktioniert oder auch mit anderen Gegenständen. Lass es uns ausprobieren!
Deine Dottie

Dottie,
Mutter hat gar nicht berichtet, dass wir Gäste empfangen, aber das wundert mich nicht. Jedenfalls freue ich mich unbändig, dich bald von Angesicht zu Angesicht kennenzulernen. Unser Experiment war übrigens erfolgreich! Danke für den schmackhaften Apfel.
Erstaunlich, dass in Rödelkofen die Äpfel bereits im Juli reif sind.
Bin in Eile, Mutter ruft ... Später mehr!
Frieda

Liebe Frieda,
ich kann es kaum erwarten! Heute habe ich mir zur Vorfreude noch ein pastellblaues Musselin-Kleid mit kurzen Puffärmeln bestellt. Natürlich ist es nicht original, aber es hat eine ganze Reihe wunderschöner, stoffbezogener Knöpfe am Rücken, also sehr authentisch.
In der Schule ziehe ich es lieber nicht an, sonst geben alle wieder blöde Kommentare ab, aber auf dem Schloss fände das niemand komisch, oder?
Dottie
PS: Der Apfel war übrigens aus Chile. Papa hat den mitgebracht, obwohl ich ihm immer sage, dass er lieber Obst aus der Region einkaufen soll.

Liebe Dottie,
was finden deine Klassenkameradinnen so eigenartig an Musselin-Kleidern? Alle jungen Damen, die ich kenne, tragen sie. Ist die Mode denn so anders in Rödelkofen? Nimm dir gerne auch

zweckdienliche Woll- oder Leinenkleidung mit, damit wir zusammen ausreiten können.
Frieda
PS: Die Sache mit dem Apfel aus Chile musst du mir unbedingt noch genauer erklären!

Liebe Frieda,
das klingt jetzt vielleicht seltsam, aber … in welchem Jahr lebst du?
Dottie

1822. Du etwa nicht?
Frieda

Bei mir ist heute der 16. Juli 2022. Ich kann es nicht glauben. Jetzt macht alles Sinn - und irgendwie auch wieder nicht!
Dottie

11.
DOTTIE

Ich weiß nicht, was schwerer wiegt: die Enttäuschung, dass ich Frieda nicht persönlich kennenlernen kann, oder die unglaubliche Entdeckung, dass es sich bei meinem Schreibpult nicht nur um eine Art magischen Briefkasten, sondern um eine Direktverbindung in die Vergangenheit handelt.

Frieda und ich schreiben uns jetzt jeden Tag, zwei- oder dreimal. Meistens lege ich das Heft morgens unter die Klappe, bevor ich zur Schule gehe. Oft ist es schon verschwunden, wenn ich fünf Minuten später noch einmal hineinschaue. Dann weiß ich, dass Frieda gerade meinen Brief liest. Den ganzen Vormittag kann ich mich auf ihre Antwort freuen, bis ich nach Hause komme. Es fühlt sich an, als ob diese zähen letzten Schulwochen, in denen eigentlich ohnehin nichts Weltbewegendes mehr passiert, dieses Jahr zumindest ein wenig schneller vergehen.

Frieda beneidet mich dafür, dass ich überhaupt eine Schule besuchen darf, mit über dreihundert anderen Teenagern, während sie alleine mit ihrer Gouvernante Französischvokabeln büffelt und Stickarbeiten macht. Sie will alles wissen über mein Leben im 21. Jahrhundert, den Wandertag, das Sommerkonzert, meine Mitschüler und was die in den Ferien vorhaben … Die

Information, dass ich keine Mama, aber zwei Väter habe, scheint im Vergleich zu Philippas Reiseplänen fast unspektakulär.

Wie kann es sein, dass deine Freundin nach Ägypten fliegt?, schreibt sie. Haben Forscher riesige Vögel entdeckt, auf denen man reiten kann wie auf einem Pferd? Oder handelt es sich um Papierdrachen, die vom Wind getragen werden? Bitte berichte mehr!

Jede meiner Erklärungen zieht gefühlt hundert neue Fragen nach sich, die ich zu beantworten versuche: Wohin und wie weit kann man mit Flugzeugen fliegen? Nur im Sommer oder auch bei Eis und Regen? Und wie sieht es über den Wolken aus? Im Gegenzug löchere ich Frieda über das Schloss, ihre Eltern, ihre Brüder, ihr Pony Kentucky, die Gouvernante, den Debütantinnenball, die Tänze, die sie dafür üben muss, und sogar über die Fledermäuse, die unter ihrem Dach wohnen.

Am vorletzten Schultag lädt Philippa mich ein, mit ihr und ein paar Freundinnen ins Freibad zu gehen. Es ist heiß und unsere halbe Klasse da. Wir liegen auf bunten Handtüchern, schwimmen ab und an eine Runde, hören Musik und lassen uns die Sonne ins Gesicht scheinen. Nick aus der Neunten habe ich auch schon aus dem Augenwinkel entdeckt.

Gerade blättert Sarah in einer Zeitschrift. »›10 Dinge, auf die Jungs bei Mädchen total stehen‹, soso.«

Tilly grinst. »Lass hören! Vielleicht können wir ja noch was lernen.«

Sarah räuspert sich dramatisch, dann liest sie vor: »›Jungs lieben es, wenn du Augenkontakt suchst und dabei mit einer Haarsträhne spielst.‹«

Philippa stöhnt.

»… ›wenn du im Stehen die Beine überkreuzt, um deine süßen Kurven zur Geltung zu bringen‹ …«

»Hä?«, macht Tilly. »Wie soll das denn gehen?«

Also springt Philippa auf und probiert es aus. Sie presst übertrieben schwankend ein Bein schräg vor das andere und wickelt dabei eine Haarsträhne um den Finger. »So ungefähr?«

»Du siehst aus, als ob du ganz dringend mal musst«, kommentiert Tilly kichernd.

Sarah hat offenbar schon weitergelesen. »Oh mein Gott, wie hohl ist das denn? ›Wenn du über ihre Witze lachst, selbst wenn sie ein bisschen platt sind‹!«

»Jungs stehen also auf schlechten Humor und Knoten in den Beinen«, fasst Philippa zusammen und lässt sich gespielt deprimiert wieder auf ihr Handtuch fallen. »Ich glaube, ich kann Miro vergessen.«

Wir müssen alle gleichzeitig losprusten und kriegen uns kaum wieder ein.

Für einen Moment sehe ich mich so, wie Frieda sich diese Dottie aus der Zukunft wohl vorstellt: in gewagter Kleidung (mein grasgrüner Bikini!), umringt von Gleichaltrigen, in einer zauberhaften Welt, wo man selbst im Hochsommer Eis am Stiel in den exotischsten Geschmackssorten essen kann. Eine Person, die dazugehört, mitlacht, wenn die anderen lachen, und verrückte, mutige Dinge tut, wie vom Zehnmeterturm springen zum Beispiel.

Ich selbst würde mich nie als »mutig« bezeichnen. Definitiv nicht mutig genug, um einen Jungen, der mir gefällt, einfach anzusprechen. Aber diese spezielle Art von Mut, die man braucht, wenn man auf dem Zehnmeterturm steht, die ist mir komischerweise noch nie schwergefallen. Ich steige also die Treppen hoch und schaue auf das bunte Gewusel im glitzernden Blau unter mir. Ohne zu zögern, wippe ich am Rand der Plattform einmal kräftig mit den Zehenspitzen, bevor ich abspringe und nur noch Luft unter den Füßen spüre und das Becken auf mich zurast.

Das Wasser schlägt kühl über meinem Kopf zusammen, es rauscht in meinen Ohren, Sauerstoffblasen flirren vor meinen Augen, bis ich die Wasseroberfläche wieder durchbreche und nach Luft schnappe.

Wenn ich vor zwei Sekunden noch insgeheim gehofft hatte, dass Nick mir beeindruckt zuguckt, wünsche ich mir in diesem Moment nichts mehr, als dass ich unsichtbar wäre. Denn zwei Meter entfernt schwimmt mein grasgrünes Oberteil. Panisch verdecke ich mit dem rechten Arm meine nicht vorhandene Oberweite, während ich mit dem linken versuche, mich rudernd über Wasser zu halten.

Irgendwie haben es Gina und Sina geschafft, dass Nick sich zu ihnen auf die Strandmatte am Beckenrand gesellt und sie sich eine große Portion Pommes teilen. Jetzt sind alle sechs Augen auf mich gerichtet, während ich mit sicher hochrotem Kopf nach meinem Oberteil fische.

»Oh, ist heute Nacktbadetag?«, wundert sich Gina ironisch.

»Da, wo Dottie herkommt, sind Bikinis halt noch nicht erfunden«, kommentiert Sina trocken. Wahrscheinlich meint sie es nicht mal böse.

Nick lacht, was Sina sichtlich freut.

Dann konzentrieren sich die drei wieder auf ihre Pommestüte, während meine Finger endlich, endlich den Bikiniträger erwischen.

»Fährst du eigentlich weg in den Ferien?«, fragt Gina.

Nick schüttelt den Kopf: »Nö. Ihr?«

»Unsere Eltern haben uns zu so 'nem Camp angemeldet, mit Tanzen und Ausflügen …«

»Das geht drei Wochen.«

»Nice. Wo ist das?«

Sina dreht eine Haarsträhne um ihren Finger. »Hier in der Nähe. Schloss … irgendwas.«

»Frankenhofen«, vervollständigt Gina.

Und das ist der Moment, in dem ich endgültig zum Grund des Schwimmbeckens sinken und nie wieder auftauchen möchte.

12.

Oh, Dottie,
was für ein höllisches Pech! Unglaublich! Aber bist du sicher, dass die beiden dir jede Freude an der Ferienfreizeit verderben werden?
Frieda

Absolut. Spätestens bis zum ersten Abend werden sie allen anderen gesteckt haben, was für ein Freak ich bin.
Es ist so fürchterlich ungerecht! Seit Wochen freue ich mich auf die Sommerferien in »deinem« Schloss und zähle schon die Tage, bis es endlich losgeht. Aber Gina und Sina wissen vermutlich nicht einmal, was der Unterschied zwischen einer Droschke und einem Landauer ist!
Dottie

Dann bleib zu Hause. Ich kann es ohnehin schwer ertragen, dass ich bald drei Wochen lang keine Nachricht von dir erhalten werde. Ich werde sterben an Stumpfsinn und einem Übermaß an Scherenschnitten!

Frieda
Einfach absagen geht nicht. Meine Eltern haben die Freizeit schon bezahlt. Sie rechnen fest damit, dass ich fahre, und sie freuen sich so für mich! Ich müsste ihnen erklären, warum ich auf einmal nicht mehr auf das Schloss will, aber sie würden es wahrscheinlich sowieso nicht verstehen. Wenn ich ehrlich bin, möchte ich auch mit niemandem darüber reden (außer mit dir natürlich).
Ich bin so wütend - auf Gina und Sina, aber auch auf mich selber, weil ich es besser hätte wissen müssen, als mir solche Hoffnungen zu machen!
Deine Dottie

Ach, Dottie!
Ich wünschte, ich könnte zu dir kommen und mit dir fahren und alles, was du beschreibst, mit eigenen Augen sehen. Außerdem würde ich Gina und Sina bei der Gelegenheit ordentlich Bescheid stoßen!
Frieda

Oh ja, bitte, komm her! Das wäre so toll …
Dottie

13. FRIEDA

»Frieda! Sitz bitte aufrecht!«, flüstert meine Mutter mir zu, als ob irgendjemand beim Mittagessen im kleinen Erkerzimmer anwesend wäre, der sich an meinen Manieren stören könnte.

Johann bearbeitet wortlos und ohne aufzusehen seine Pastete mit dem Messer. Fidelis berichtet Vater detailreich, wie er in der Fechtstunde den jungen Freiherrn von Leutzenfeld mit einem Arrêtstoß und einem Doppeltreffer von der Planche gefegt hat. Vater hört ihm aufmerksam und wohlwollend zu. Von ihm hat Fidelis seine Sportlichkeit jedenfalls nicht. Der Baron war nie ein begnadeter Fechter.

Jetzt wechseln Vater und Mutter über den Tisch hinweg einen konspirativen Blick. Mutter nickt zustimmend, während Vater einen Brief aus seiner Westentasche zieht und vor sich hinlegt.

»Sagt dir der Name Gianfranco della Leonessa etwas?«, erkundigt er sich bei Fidelis.

Unsinniger kann eine Frage kaum sein. Natürlich weiß mein Bruder, wer der bekannteste Fechtmeister Veronas ist. Fidelis ahnt anscheinend genau wie ich, worauf Vater hinauswill. Er kann seine Begeisterung kaum beherrschen.

Feierlich setzt Vater an: »Wenn du das Gymnasium nächstes Jahr erfolgreich abschließen wirst – wovon wir natürlich alle ausgehen –, dann möchten deine Mutter und ich dir als Zeichen der Anerkennung und unseres Stolzes eine Reise ermöglichen, nach Verona. Signore della Leonessa hat sich zu einigen Lektionen bereit erklärt.«

»Natürlich nicht nur nach Verona«, präzisiert Mutter. »Du wirst ganz Italien bereisen, dir Baudenkmäler und Kunstmuseen ansehen. Wir möchten, dass du bei anderen Fürstenhöfen vorsprichst, Verbindungen knüpfst und deine Sprachkenntnisse vertiefst.«

Potztausend! Ich dachte nicht, dass wir für eine richtige Kavaliersreise das nötige Kleingeld besitzen. Aber ich freue mich für meinen Bruder. Er hat es verdient. Er ist ein großartiger Fechter. Die Kunstmuseen wird er links liegen lassen. Dafür wird er das Knüpfen von »Verbindungen« umso ernster nehmen – vor allem, was die italienischen Baronessen betrifft.

Fidelis zeigt sich dankbar und freudestrahlend, wie es von ihm als Lieblingssohn seiner Eltern erwartet wird. Während die drei mögliche Stationen seiner Reise diskutieren – wer weiß, vielleicht sogar bis zu den ägyptischen Pyramiden! –, braut sich über meinem Kopf eine Gewitterwolke zusammen. Eine giftgrüne Wolke aus Neid und Ungerechtigkeit, gegen die ich nicht ankomme. Wahrlich, ich gönne Fidelis diese Freude von Herzen. Er war es, der mir Berichte aus dem Tal der Pharaonen vorgelesen hat, noch bevor ich selber lesen konnte. Aber mir wird niemand aus Stolz oder Anerkennung eine Reise ermöglichen. Vielleicht steht es mir frei, einen Sommer bei den Verwandten am Bodensee zu verbringen oder auf dem platten Brandenburger Land, aber das wäre auch schon das höchste der Gefühle.

Wer auch mit einer zumindest für mich deutlich sichtbaren Gewitterwolke aus Neid über dem Kopf dasitzt, ist Johann. Es erscheint fast kurios, dass wir beide einmal etwas gemeinsam haben. Doch im Gegensatz zu mir gelingt es Johann, mit der ihm eigenen Selbstbeherrschung eines Holzklotzes, einfach stumm weiterzuessen und zu tun, als gehe ihn dies alles nichts an.

Ich lege mein Besteck zur Seite und bitte förmlich um Erlaubnis, mich vom Tisch zu entfernen. Es ist wohl für alle Beteiligten besser, wenn sich meine Gewitterwolke nicht in der heimeligen Atmosphäre des Erkerzimmers entlädt.

14.
DOTTIE

Bis bald! Halt die Ohren steif!, schreibe ich und lege das Heft unter den Pultdeckel. Am liebsten würde ich an der Zeit drehen, die nächsten drei Wochen einfach vorspulen oder gleich ganz überspringen. Zumindest, rede ich mir ein, kann ich auf Schloss Frankenhofen ein bisschen nachfühlen, wie Frieda wohl gelebt hat vor zweihundert Jahren. Ich weiß, welches ihr Zimmer war – im ersten Stock gleich rechts, das mit dem Fenster zum Park. Ich weiß, wo unser Schreibpult damals gestanden hat. Heute ist im Musikzimmer irgendein Verwaltungsbüro untergebracht. Aber vielleicht hausen die Ururenkel von Friedas Fledermäusen noch unter dem Schlossdach. In der Dämmerung muss ich mal nach ihnen Ausschau halten, auch wenn ich die Viecher ziemlich gruselig finde. Und auf jeden Fall werde ich in Friedas Weiher schwimmen. Das habe ich ihr versprochen.

»Badekleidung« steht auch auf der Packliste, die ich mir geschrieben habe, neben vielen anderen praktischen Dingen wie Turnschuhen, Taschenlampe, Handy-Ladekabel, EC-Karte, Regensachen und Sonnencreme. Ich habe alles in meinem Rucksack verstaut, dazu meine Briefmappe, ein paar Bücher, meine beiden historischen Kleider, die passenden Schnürstiefel und

Opas Fotokamera mit der Lederhülle. Die Turnschuhe ziehe ich gleich an. Sie sind zwar neu, aber knallgrün und aus nachhaltigem Apfelleder. Ich trage sie ganz gerne. Zum einen, weil Grün meine Lieblingsfarbe ist, und zum anderen, weil Tante Roxy sie mir geschenkt hat. Direktimport aus den USA also. Das Design ist hier überhaupt nicht erhältlich und deshalb gehen sie bei Mädchen wie Gina und Sina zumindest als halbwegs cool durch.

Schon in dem Moment, als ich das denke, ärgere ich mich über mich selbst: Ziehe ich die Turnschuhe eigentlich nur an, um einen »normalen« ersten Eindruck zu machen? Warum ist es mir so wichtig, was die anderen von mir halten? Es wird sowieso bald allen klar sein, dass »Dottie von Dazumal« aus dem vorletzten Jahrhundert kommt. Daran kann auch ein Paar schicker Sneakers nichts ändern.

»Dottie, kommst du?«, höre ich Papas Stimme von unten.

»Gleich«, rufe ich zurück und schnappe mir noch schnell ein weiteres Buch für die Fahrt. Weil ich meine Kopfhörer nicht finden kann, schmeiße ich zuletzt doch noch den pinken Handy-Lautsprecher von Bo oben in den Rucksack.

Auf dem großen Parkplatz am Bahnhof wuchte ich den Rucksack wieder von der Ladefläche des Pick-ups.

Papa sieht sich suchend um. »Wo ist denn der Parkscheinautomat?«

Zum Glück spricht Bret meinen Gedanken aus: »Du willst Dottie jetzt aber nicht persönlich in den Bus setzen, oder?«

Fred schaut Bret verständnislos an. Genau das hatte er wohl vor.

»Honey, unsere Tochter ist kein Grundschulkind mehr! Wir sagen Bye, und dann verschwinden wir«, stellt Bret klar.

»Wäre dir das wirklich lieber?«, erkundigt sich Fred.

»Ja schon«, bestätige ich.

Papas forschender Blick bleibt länger an mir kleben als nötig. »Ist alles in Ordnung? Du freust dich gar nicht richtig.«

»Doch schon«, versuche ich, mich rauszureden. »Ist halt schade, dass ich nicht mit euch campen kann.«

»Jeez, Dottie-Pie!« Bret seufzt. »Hab Spaß mit den anderen Kids. Deine alten Dads kommen auch supergut alleine klar. Außer wenn Mr Fred hier unsere ganze Urlaubskasse schon heute im Outdoor-Store lässt«, ergänzt er mit einem ironischen Seitenhieb an Papa.

Ich muss lachen, weil das wirklich jedes Jahr so läuft. Die beiden verbringen Stunden in diesem Laden, vergleichen winzige Gaskocher oder selbstaufblasende Luftmatratzen. Papa ist eben gerne top ausgerüstet, wenn es in die Wildnis geht.

Fred ignoriert den spitzen Kommentar und hält meinen Rucksack hoch, damit ich hineinschlüpfen kann: »Also, pass auf dich auf und melde dich, wenn du angekommen bist.«

Bret drückt mich fest, sodass sein roter Räuberbart mir in die Kopfhaut pikst. Dann schwingt er sich auch schon auf den Fahrersitz. Ich versuche, ein fröhliches Gesicht zu machen, winke den beiden noch mal zu und laufe los, auf einen großen Reisebus zu, um den sich eine ganze Traube Jugendlicher in meinem Alter angesammelt hat.

Während ich am Rand der Gruppe warte, dass eine der Betreuerinnen meinen Namen von einer Liste vorliest, schaue ich mich unauffällig um. Ein paar mehr Mädchen als Jungs. Die meisten haben bunte Rollkoffer dabei, die sie jetzt ins Gepäckfach des Busses schieben. Einige kennen sich und haben Grüppchen gebildet, andere stehen genauso alleine und unschlüssig herum wie ich. Gina und Sina sitzen schon nebeneinander im Bus. Ich kann durch die Scheibe sehen, wie sie für ein Selfie die Köpfe zusammenstecken. Dass ich auch hier bin, haben sie anscheinend noch nicht entdeckt.

Ein Name nach dem anderen wird aufgerufen, abgehakt und dann darf man einsteigen. Nur mein Name nicht. Als Letzte bleibe ich auf dem Bahnhofsplatz übrig, während die Betreuerin, blond und braun gebrannt und vielleicht vier, fünf Jahre älter als ich, mit gerunzelter Stirn von ihrer Liste aufblickt. »Und wer bist du?«

»Dorothea Baker.«

»Sorry, du stehst hier nicht drauf!«

Ein komisches Gefühl macht sich in meinem Magen breit, eine Mischung aus »wie kann das sein« und »irgendwie wusste ich's«.

»Hm. Hast du eine Anmeldebestätigung dabei?«, fragt die Betreuerin jetzt.

Ich schüttle den Kopf. Ehrlich gesagt bin ich nicht mal mehr sicher, ob ich eine erhalten habe. Die E-Mail mit den Infos zu Programm und Abfahrt kam an, aber das muss ja nichts heißen. Vielleicht hat Papa die Gebühr doch nicht rechtzeitig überwiesen oder meine Anmeldung ist aus irgendwelchen anderen Gründen wieder aus dem System geflogen.

Die Betreuerin schaut Hilfe suchend zum Busfahrer, aber der zuckt nur ratlos die Schultern. »Dann können wir sie nicht mitnehmen.«

»Im Büro ist erst am Montag wieder jemand da«, überlegt sie und überfliegt noch einmal die Liste, als ob mein Name plötzlich darauf auftauchen könnte. »Also, ich weiß jetzt auch nicht …«

Dafür weiß ich auf einmal ganz genau, was zu tun ist.

»Kein Problem, ich klär das«, höre ich mich sagen. Und bevor Gina oder Sina oder sonst irgendwer darauf aufmerksam wird, dass hier jemand vor dem Bus steht, der da nicht reingehört, ziehe ich meinen Rucksack wieder aus dem Gepäckfach. Die Fragen der Betreuerin, ob ich wirklich sicher sei und ob ich nicht erst mal mit meiner Mutter telefonieren wolle (denn natürlich ist für solche Dinge immer eine Mutter zuständig), bejahe und verneine ich mit einem überzeugenden Lächeln. Und mit jedem Schritt, den ich von dem Reisebus weggehe, fühlt sich alles leichter und richtiger an.

15.

Liebe Dottie,
»Halt die Ohren steif!«, schreibst du. Ich werde mich bemühen um Ohren, steif wie der frisch gestärkte Kragen der Dompierre. Aber ich zähle die Tage, bis du zurückkehrst.
Vater ist heute Morgen aufgebrochen zu einer langen Geschäftsreise. Er plant den Aufbau einer Seidenraupenzucht auf unseren Ländereien. Die erste Seidenmanufaktur zwischen Main und Saale. Zu diesem Zwecke will er Seidenraupen kaufen und vierhundert Maulbeerbäume. Mutters feine Freundinnen mokieren sich hinter vorgehaltener Hand über Vaters große Ideen. Sei's drum. Ich kann nichts Falsches daran finden, große Ideen zu denken. Ohne große Ideen wäre Humboldt nicht an den Amazonas gelangt und Freiherr von Drais hätte keine Laufmaschine erfunden. Wenn sie von meinen großen Ideen wüssten, würde es Mutters Freundinnen glatt aus den Schuhen heben!
Auf dem Weg wird Vater verschiedenen Verwandten und Bekannten einen Besuch abstatten, wo auch Fidelis im nächsten Jahr bei seiner Reise vorsprechen soll. Fidelis glaubt, dass meine miserable Laune damit zu tun hat, dass er mich im Stich lässt,

alleine mit Mutter und Johann. Aber das ist nur die halbe Wahrheit.
In seiner Studierstube hat mein Vater einen Globus. Fünfzig Grad Nord, zehn Grad Ost ist darauf markiert. An diesem Ort stehe ich, schon seit ich auf zwei Füßen stehen kann, und habe mich kein Stück bewegt. Noch nicht mal ein Grad in die eine oder andere Richtung. Alle bewegen sich, so scheint es, nur ich komme nicht von der Stelle!
Unser Dienstmädchen Agatha erzählte mir kürzlich von ihrem Vetter, einem Maurergesellen, der sein Glück wie so manche in Amerika sucht. Beinahe sein ganzes Geld hat ihn die Überfahrt gekostet, aber er hat es gewagt. Von Würzburg aus fuhr er mit der Postkutsche erst nach Frankfurt, dann weiter in den Norden. Am Bremer Hafen hat er Passage auf dem Zwischendeck eines Frachtschiffs erbeten, das ihn nach New York brachte. Auf den Schiffen wimmelt es von Ratten und Wanzen und anderem Getier, sagt Agatha. Niemals würde sie ein solches Schiff besteigen. Aber mich stört das nicht. In ein paar Jahren, wenn ich erwachsen bin, dann werde ich es tun, ohne zu zögern.
Noch besser wäre, wenn ich ein Passagier-Billet für eines der pfeilschnellen Luftschiffe lösen könnte, von denen du geschrieben hast, um nach Amerika zu fliegen. Wann wird es die geben? Wenn man nichts mehr als den nötigen Mut bräuchte, wäre ich die Erste, die es versucht.
Indessen überquere ich den Atlantik allein mit dem Finger auf dem Globus. Es erwartet mich ein weiterer Tag auf fünfzig Grad Nord, zehn Grad Ost: Klavierstunde, Französischvokabeln, Spitze klöppeln. Wenn du nichts mehr von mir hörst, habe

ich entweder das Grand Piano gefressen oder mir eigenhändig ein Luftschiff geklöppelt.
Es grüßt von Herzen
Deine Frieda

16. DOTTIE

Alles ist still, als ich nach Hause komme. Niemand ist hier, und das ist vielleicht ganz gut so. Meine Eltern diskutieren wahrscheinlich immer noch im Sportladen über Campingkocher und Luftmatratzen, und ich habe das schwindelige Gefühl, das man bekommt, wenn man so eine Luftmatratze zu schnell aufgepustet hat. Was genau ich jetzt vorhabe, das weiß ich nicht. Erst mal durchatmen. Und Frieda schreiben.

Den Rucksack immer noch auf dem Rücken, mache ich die Tür zu meinem Zimmer auf. Da steht er: Bo. Direkt vor dem Schreibpult, dessen Deckel sperrangelweit aufgeklappt ist. In der Hand hält er das grüne Heft.

»Oh hi«, sagt er, nicht einmal besonders ertappt. »Wer ist denn diese Frieda?«

Die Wut ballt sich rasend schnell in meinem Bauch zusammen, und natürlich schießen mir Tränen in die Augen, noch bevor ich blinzeln kann.

»Gib das sofort her!«, presse ich zwischen den Zähnen hervor.

Bo sieht mich ehrlich verwundert an: »Hey, krieg dich mal wieder ein. Ich hab nur 'nen Kleber gesucht und mal kurz reingeguckt.« Lässig lässt er das Heft wieder unter der Klappe verschwinden. »Kann ich ja nichts für, wenn du deine Geheimakten hier rumliegen lässt. Und außerdem: Solltest du nicht längst auf diesem Schloss sein?«

In mir kocht es. Ohne eine Antwort zu geben, schubse ich Bo zur Seite, klappe das Pult auf und greife nach dem Heft, um es vor ihm in Sicherheit zu bringen. Aber da passiert etwas Seltsames …

17.
FRIEDA

Es ist zum Verzweifeln. Die Französischvokabeln wollen heute partout nicht in meinem Hirn bleiben. Während ich Stunde um Stunde mit der Gouvernante im Musikzimmer sitze und in das Buch starre, denke ich an Dottie, die nun in der pferdelosen Maschinenkutsche auf dem Weg zu unserem Schloss sein muss. Auf meinen langen Brief in unserem Schreibheft wird sie erst in drei Wochen antworten. Dennoch öffne ich, sobald die Dompierre gegangen ist, noch einmal die Pultklappe, und sei es nur, um einen Blick auf Dotties runde, ordentliche Buchstaben zu werfen und zu wissen, dass ich mir ihre Existenz nicht ausgedacht habe.

Ich greife in die Luft. Das Pult ist leer!

Noch bevor ich darüber nachdenken kann, was der Grund dafür sein mag, bekomme ich das Heft doch noch zu fassen. Aber irgendetwas stimmt nicht. Ich kann es nicht herausziehen. Es scheint wie festgenagelt. Ich mühe mich, ziehe fester und fester. Und was ich dabei spüre, ist zu meiner Verwunderung nicht nur das Papier. Meine Finger umgreifen etwas anderes, etwas Warmes, Lebendiges.

»Dottie?!«, höre ich eine Jungenstimme weit aus der Ferne zu mir dringen. »Was machst du –?«

Ein Ruck, der mich zurücktaumeln lässt … Da steht sie vor mir. In langen Hosen. Mit grünen Schuhen an den Füßen. Ich sehe sie an, sie sieht mich an, ihre Augen groß wie Suppenteller … und dann strahlen wir beide, von einem Ohr zum anderen, und können es nicht fassen.

18. DOTTIE

Ich erkenne Frieda sofort: dunkle, wirre Locken, die sich gegen den ihnen aufgedrängten, strengen Mittelscheitel wehren. Niemand würde auf die Idee kommen, ihre großen braunen Augen mit einem Rehkitz zu vergleichen. Man sieht direkt das Feuer darin, das ich schon aus ihren Briefen lesen konnte. Sie ist etwas kleiner, als ich sie mir vorgestellt hatte, aber kräftig, richtig durchtrainiert vom vielen Schwimmen und Reiten.

Da stehen wir uns also gegenüber, starren uns an, und wenn ich nicht genau wüsste, dass ich gerade eben noch mit Bo in meinem Kinderzimmer in der Rödelkofener Neubausiedlung war – ich würde mich für verrückt erklären.

»Potztausend!«, entfährt es Frieda.

Ich kriege keinen Ton heraus.

»Willkommen im Jahr 1822!«

Überfordert schaue ich mich erst mal um, wo ich hier eigentlich gelandet bin. Durch das große Fenster mit den schweren Vorhängen erkenne ich den Blick in den sonnigen Hof, genau wie er auf einem Foto in der Broschüre des Feriencamps abgebildet war. Ein Klavier, Kerzenleuchter, eine Tafel an der Wand. Instrumente und Schulsachen. Mein Schreibpult vor der rot gemusterten Tapete tut, als hätte es mit diesen seltsamen Dingen, die hier gerade passieren, überhaupt nichts zu tun.

Das Bimmeln einer Glocke lässt uns aufschrecken. »Es ist angerichtet!«, ruft eine Frauenstimme, irgendwo weit entfernt.

»Komme gleich!«, ruft Frieda zurück.

Ich kann sehen, wie es in ihrem Kopf zu rattern beginnt, noch bevor ich flüsternd die Frage ausspreche: »Was machen wir jetzt?«

Frieda bedeutet mir, still zu sein, nimmt meine Hand und zieht mich aus dem Musikzimmer. Kurz versichert sie sich mit einem Blick in den Flur, dass niemand in der Nähe ist, dann schiebt sie mich eilig ein paar Türen weiter in einen kleinen Abstellraum, in dem ein riesiger dunkler Eichenschrank steht. Er ist voller Damenkleidung: Capes und Mäntel, Hauben und Hutschachteln. Kurz entschlossen greift sie nach einem violetten Sommermantel mit paspeliertem Kragen und Schleifen an den Schultern.

»Zieh den über!«, flüstert sie.

Erst jetzt fällt mir auf, dass ich immer noch den schweren Rucksack auf dem Rücken trage. Frieda nimmt ihn mir ab und stopft ihn eilig in den Schrank, hinter die langen Gewänder.

Ich schlüpfe in den kleidartigen Mantel. Er ist etwas zu weit für eine Bohnenstange wie mich, aber trotzdem lang genug, um meine grünen Sneakers zu verdecken. Frieda hilft mir, die unzähligen Knöpfe zu schließen, dann schiebt sie mich wieder zurück in den Flur und von dort in eine große Eingangshalle mit kühlem Steinboden, aus der eine breite Treppe in die oberen Stockwerke führt.

Gerade noch rechtzeitig, denn jetzt kommt ein Junge die Treppe herunter. Für ihn muss es aussehen, als wären wir eben erst durch das schwere Holztor eingetreten.

»Schau mal, wen ich hier aufgetrieben habe!«, ruft Frieda ihm fröhlich zu.

»Oh«, meint er. Einfach nur »Oh«.

»Darf ich vorstellen? Mein Bruder, Johann, der Wortkarge. Unsere Cousine, Comtesse Dorothea. Du kannst Dottie zu ihr sagen.«

Ähnlich sind sich die Geschwister schon. Aber Johann ist ein ganzes Stück größer als seine Schwester. Er wirkt blasser, unscheinbarer. Die Haare trägt er so lang, dass sie ihm tief in die Stirn und fast über die Augen fallen. Ich weiß nicht, ob das der aktuellen Mode entspricht oder ob er sich darunter verstecken will.

Misstrauisch runzelt er die Stirn. »Unsere Cousine?«

»Ja, dritten Grades oder so«, erklärt Frieda locker. »Dorothea ist die Enkelin von Lady Brunston-Brewster. Also von unserer Großtante, die aus Brandenburg nach England geheiratet hat«, fügt sie auf Johanns fragenden Blick hinzu.

Ich muss mich zwingen, dass mir der Mund nicht offen stehen bleibt. So einfach wird man mal eben zu einer englischen Comtesse erklärt! Frieda ist weder rot geworden, noch hat sie gestottert.

Johann scheint diese Lüge nun auch anstandslos zu schlucken. »Willkommen auf Schloss Frankenhofen, Comtesse Dorothea«, erklärt er förmlich und macht dabei mit dem Kopf sogar eine kleine Verbeugung. »Mutter hat gar nichts erwähnt …?«

»Wahrscheinlich ist Dottie etwas früher angelangt als erwartet«, wischt Frieda seine Frage weg.

Genauso souverän nimmt sie kurz darauf dem Dienstmädchen die Sorge, dass das Gästezimmer noch nicht gerichtet sei und das Mittagessen nur für zwei, nicht drei Personen bereitstehe. (Friedas Mutter und der ältere Bruder sind in der Stadt, wie sich herausstellt, und werden erst am Abend zurückerwartet.)

»Wir essen nur eine Kleinigkeit auf meinem Zimmer. Die Comtesse muss sich erst einmal von ihrer langen Reise erholen.«

Und damit hakt sie mich unter, und wir schreiten zusammen die Treppe nach oben, Baronesse Frieda und ihre englische Cousine Comtesse Dottie, als wäre es das Selbstverständlichste auf der Welt.

19. FRIEDA

»Den violetten Mantel hat meine Mutter vor Jahren vom Schneider anfertigen lassen, aber kaum getragen, weil die Hofrätin von Aurach-Thorgau meinte, dass die Farbe sie kränklich erscheinen ließe«, erkläre ich Dottie. »Und was die Hofrätin sagt, ist Gesetz.«

Jetzt kommt uns dieser Umstand gut zupasse. Mutter selbst hätte das gute Stück wohl erkannt, aber weder Johann noch Agatha haben Verdacht geschöpft. Doch damit ist es natürlich längst nicht getan. Kaum sind wir in meinem Zimmer angelangt, nehme ich einen Briefbogen zur Hand und formuliere ein höfliches Schreiben aus England, in dem unsere liebe Verwandte, Lady Brunston-Brewster, meine Mutter um die Beherbergung ihrer Enkelin Dorothea für drei Wochen als Sommergast auf dem Schloss bittet – zwecks Übung der deutschen Sprache sowie kultureller Unterweisung im schönen Frankenland. Soweit ich mich erinnere, hat ihr Sohn tatsächlich eine Tochter meines Alters, und einen Feriengast willkommen zu heißen, ist nichts Ungewöhnliches. Nachdem ich den Brief schwungvoll unterzeichnet habe, stecke ich ihn in ein Kuvert und genehmige mir ein Stück des Schinkens, den Agatha uns gebracht hat. Nach etwas Bearbeitung mit verschmierten Fingern sieht der Umschlag aus, als habe er die lange Reise über den Ärmelkanal mehr schlecht als recht überstanden. »Auf die Post ist auch kein Verlass mehr«, wie meine Mutter nicht müde wird zu betonen. Also sollte es sie nicht wundern, dass das Schreiben erst heute mit reichlich Verspätung bei uns eintreffen wird. Aber meine Mutter liebt Gesellschaft, und wo »Comtesse Dorothea« nun schon mal hier ist, wird sie sie wohl kaum wieder vor die Tür setzen.

»Was mache ich, wenn deine Mutter mich nach meiner Familie fragt? Oder nach England?«, will Dottie wissen, und ihre Stimme klingt zittrig. »Ich war da noch nie!«

»Was kommt dir in den Sinn, wenn du an England denkst?«

Dottie überlegt einen Moment. »Afternoon Tea? Die Queen –?«

»Die Queen? Sag bloß, die Engländer haben wieder eine Königin!«, falle ich ihr ins Wort.

»Schon seit einer halben Ewigkeit. Sie ist über neunzig.«

»Potztausend«, entfährt es mir, heute schon zum wiederholten Male. »Hier ist seit zwei Jahren Georg der Vierte dran. Der Sohn von dem Verrückten.«

»Ah, der Prinzregent! Dem musste Jane Austen eines ihrer Bücher widmen.«

»Wer ist denn Jane Austen?«

»Eine Autorin. Meine Lieblingsautorin. Sie hat Romane geschrieben: ›Verstand und Gefühl‹, ›Stolz und Vorurteil‹, ›Emma‹ …«

»Gibt es die bei uns schon?«

Dottie hält kurz inne. »Wahrscheinlich nur auf Englisch.

›Stolz und Vorurteil‹ habe ich aber sogar dabei«, antwortet sie schließlich.

»Wovon handelt es denn?«

»Von einer adligen Familie mit fünf Töchtern.«

»Das ist doch großartig! Wenn dich irgendjemand über England fragt, dann erzählst du einfach davon«, schlage ich vor.

Dottie zögert, dann nickt sie. »Das könnte funktionieren.«

Es ist alles immens aufregend. Ich fühle mich wie eine Agentin in geheimer Mission! Schnell stehle ich mich noch einmal nach unten, hänge den Mantel zurück in den Schrank und hole Dotties Rucksack, denn dort kann er nicht bleiben. Wir suchen alles heraus, wofür sie hier auf dem Schloss Verwendung haben wird und was nicht für Verwunderung sorgen würde. Ihr blaues Musselin-Kleid wirkt wie etwas, das eine englische Comtesse tragen könnte. Zumindest bilde ich mir das ein. Tatsächlich kenne ich keine einzige englische Comtesse.

Zudem hat Dottie noch ein weißes Kleid, einen einfachen Rock, zwei Blusen und eine Strickjacke, von denen wir dreist behaupten, dass sie der neuesten Fasson jenseits des Kanals entsprechen. Keine opulente Garderobe, aber es muss reichen. Die famosen, grün glänzenden Schuhe tauscht sie gegen ihre feinen ledernen Schnürstiefel.

Einige Gerätschaften in Dotties Gepäck sind mir völlig fremd. Was es mit diesen Dingen auf sich hat, interessiert mich natürlich brennend, aber dafür ist jetzt keine Zeit. Nur dem Buch, von dem sie gesprochen hat, kann ich nicht widerstehen.

»Würdest du es mir ausleihen?«, frage ich. »Ich werde selbstverständlich aufpassen, dass niemand mich damit sieht.«

Dottie ist einverstanden. Ich nehme das Buch an mich und

verstecke dann den Rucksack in meiner großen Aussteuertruhe, unter der bestickten Bettwäsche, die irgendwann mein Ehebett zieren soll. Aber meine Hochzeit liegt ja hoffentlich noch in sehr weiter Zukunft (sofern ich überhaupt einen passenden Mann finde). In diese Truhe wird wohl so schnell niemand hineinschauen.

Dottie richtet sich währenddessen die Haare und betrachtet angespannt ihr Spiegelbild.

»Passt das so?«, fragt sie.

»Wie eine wahrhafte Lady«, versichere ich.

Dottie wirkt nicht überzeugt. »Und wenn sie mir nicht glauben? Wenn ich einen Fehler mache?«

Auf diese Frage gibt es eine einfache Antwort: Betrüger landen im Zuchthaus. In Würzburg hat sich kürzlich ein Bäckergeselle als studierter Doktor ausgegeben. Das habe ich in der Zeitung gelesen. Fünf Jahre bei Wasser und Brot lautete das Urteil. Aber Dottie erscheint ohnehin schon fürchterlich nervös, also behalte ich das lieber für mich.

»Dann bin ich ja auch noch da«, sage ich. Und das ist ein Versprechen.

20. DOTTIE

»Dorothea! So eine Überraschung!«

Die Baronin rafft ihren Rock hoch und stürzt freudig auf mich zu, als würden wir uns schon ewig kennen. Sie ist eine große Frau mit einem herzlichen Lächeln. Ihr Parfüm riecht teuer, nach Rosen und exotischen Gewürzen. »Ich hoffe, du magst Hechtsuppe. Wenn ich gewusst hätte, dass du kommst, hätte ich der Köchin aufgetragen, etwas Besonderes zum Abendessen vorzubereiten!«

Ich habe keine Ahnung, ob ich Hechtsuppe mag, tue aber so, als wäre es eines meiner Lieblingsgerichte. Das ist im Augenblick vielleicht das Einfachste.

Friedas Mutter schiebt mich zu einem Stuhl an der langen Tafel, gegenüber von Johann, der schon Platz genommen hat. »Setz dich, Liebes, setz dich. Du musst ganz entkräftet sein nach der anstrengenden Reise!«

Ich bedanke mich höflich und versuche gleichzeitig fieberhaft, mich an das Kapitel zum Thema »Tischsitten im 19. Jahrhundert« zu erinnern, das ich mal in irgendeinem Buch gelesen habe. Dafür dass es nur Suppe gibt, liegen fürchterlich viele Tellerchen, Löffel und Gabeln auf dem Tisch. Jetzt nur nicht mit dem falschen Besteck loslegen, sonst fliegt unsere Lügengeschichte sofort auf!

Frieda muss meinen leicht panischen Blick gesehen haben. Sie nimmt als Erstes eine Scheibe Brot und reißt davon ein Stückchen ab. Mit dem kleinsten Messer schmiert sie etwas Butter darauf. Dann wartet sie, bis ich es ihr nachgemacht habe.

»Wie kommt es eigentlich, dass du ohne Begleitung hier angelangt bist?«, will die Baronin wissen.

Eine ganz einfache Frage und ich habe nicht den Schimmer einer Antwort. Bin ich alleine aus England hierhergereist? Wahrscheinlich nicht. Aber mit wem war ich dann unterwegs? Mein Herz klopft heftig und meine Handflächen werden klamm. Ich bin wirklich unglaublich schlecht im Schwindeln.

»Ein geschätzter Freund der Familie hat Dottie bis nach Fulda mitgenommen«, springt Frieda mir zur Seite. »Nur das letzte Stück musste sie in der Postkutsche zurücklegen.«

Die Baronin schüttelt voller Bedauern den Kopf. »Ach du meine Güte! Das war sicherlich sehr beschwerlich.«

Ich wiegle ab und fasle irgendwas von trockenen Straßenverhältnissen und der guten Federung der Postkutsche. So kommen wir glücklicherweise auf das Thema »Wetter in England«, womit man nicht viel falsch machen kann, denn daran hat sich auch über die letzten zweihundert Jahre nichts geändert.

Dann wird die Hechtsuppe aufgetragen. Sie schmeckt wirklich unglaublich gut – schon allein deshalb, weil sie mich (für den Moment zumindest) vor weiteren neugierigen Fragen rettet.

Gerade als ich wie Frieda ein zweites Stück Brot nehmen möchte, fliegt hinter mir die Tür auf.

»Bitte entschuldigt, ich wurde im Stall aufgehalten.«

Friedas ältester Bruder hat genauso dunkle Locken wie seine Geschwister. Auf seinem Kopf formen sie eine verwegene Welle. Das Krawattentuch steckt locker in der Weste, die Hemdsärmel trägt er sportlich hochgerollt.

»Fidelis, wir haben einen Gast«, weist ihn die Baronin auf meine Anwesenheit hin. »Deine Cousine, Comtesse Dorothea, aus England.«

Jetzt hat er mich auch entdeckt: »Herrje! Ich bitte vielmals um Vergebung für meine Unhöflichkeit!«

Sein plötzliches Auftauchen bringt mich aus dem Konzept. Ich stehe auf, weil ich das Gefühl habe, dass man das zur Begrüßung vielleicht tun sollte. Oder jedenfalls *will* ich aufstehen. Irgendwie habe ich mich in der bodenlangen Tischdecke verheddert, und beim Versuch, meinen Stuhl zurückzuschieben, ziehe ich fast mit dem Tuch das gesamte Gedeck vom Tisch. Ich spüre alle Augen auf mir, während ich nach Gleichgewicht rudernd die Vollkatastrophe gerade noch verhindern kann. Nur mein Buttermesser landet auf dem Boden.

Johanns Stirnrunzeln spricht Bände: Wie kann man sich nur so unglaublich dämlich anstellen?

Fidelis hebt das Messer auf und legt es kommentarlos beiseite, sodass das Dienstmädchen es austauschen kann. »Cool as a cucumber«, würde mein Dad sagen. Dann nimmt er meine schwitzige rechte Hand, beugt sich respektvoll darüber und deutet einen Kuss an. Als er sich wieder aufrichtet, guckt er mir in die Augen, wie man das bei einem formvollendeten Handkuss eben so macht. Ein belustigtes Lächeln umspielt seine Mundwinkel.

»Ich wage zu bezweifeln, dass die Sommerfrische auf dem fränkischen Land Brighton oder Bournemouth das Wasser reichen kann, aber wir sind hocherfreut, dass eine Comtesse uns Gesellschaft leistet.«

»Freut mich auch«, kriege ich gerade noch raus. Dann setze ich mich wieder hin, bestimmt knallrot im Gesicht. Den Rest der Suppe löffle ich, ohne aufzuschauen.

Als die Baronin schließlich ihre Serviette zusammenfaltet und damit das Essen offiziell beendet, fühle ich mich, als hätte ich einen Marathonlauf hinter mir.

21.

Hallo, Bo,
wenn du das liest, schreib mir bitte kurz zurück, und leg das Heft dann wieder unter den Pultdeckel. Bin bei Frieda. Ich hoffe, du hast meinen Vätern noch nichts davon erzählt, was passiert ist?!
Dottie

Für wie hirnamputiert hältst du mich eigentlich? Natürlich hab ich deinen Dads NICHT gesagt, dass du in deinem Schreibtisch verschwunden bist. Kann man auch echt sauschlecht erklären. Die denken halt jetzt, dass du mega Spaß im Feriencamp hast, weil du nicht anrufst. Fred checkt dauernd sein Handy. Bret meint, dass er nicht so rumstressen soll.

Kannst du mir einen großen Gefallen tun? Kannst du den beiden bitte ausrichten, dass ich auf dem Festnetz angerufen habe, weil mein Handy kaputtgegangen ist? Ich werde also erst mal eine Weile nicht erreichbar sein. Du kannst ja erzählen, dass ich das Handy zur Reparatur bringe oder so was. Aber sonst ist alles gut, und wenn was sein sollte, melde ich mich.

Äh, ja okay. Und was krieg ich dafür?

Ich backe dir einen Kuchen, wenn ich wieder da bin.

Kuchen ist nice, aber ich bräuchte halt immer noch einen ordentlichen Baseballhandschuh …

Ja, in Ordnung, wenn's sein muss. Du kannst dir das Geld aus der alten Schatulle in meinem Schrank nehmen.

Danke, beste Bonus-Schwester!
Nur so für die Planung: Wann kommst du eigentlich wieder?

Gute Frage. Keine Ahnung. Ich weiß gerade nicht mal, ob das Schreibpult mich überhaupt zurückreisen lässt oder wie das geht. Bisher hat das Hin und Her nur mit dem Heft geklappt. Aber am Wichtigsten ist jetzt, dass sich die Dads erst mal keine Sorgen machen. Hast du schon mit ihnen gesprochen? Haben sie dir geglaubt?

Bo? Bist du noch da? Gib bitte Bescheid …

Hallo?!

22. DOTTIE

Es ist dunkel. Die Kirchenglocken in der Ferne schlagen elf. Ich liege wach im Bett, und meine Gedanken fahren Achterbahn: Bo ist der Einzige, der weiß, wo ich bin. Und jetzt meldet er sich nicht mehr. Das Heft liegt seit Stunden unberührt unter dem Pultdeckel. Selbst wenn er sofort zum Sportladen gefahren ist, um seinen Baseballhandschuh zu kaufen, müsste er doch längst zurück sein! Hat er vergessen, dass ich auf seine Antwort warte? Zuverlässigkeit ist ja nicht gerade Bos Spezialität. Oder hat er vielleicht meine letzten Nachrichten gar nicht mehr bekommen? Kann es sein, dass das Pult nicht mehr funktioniert? Dass irgendetwas, so wie ein Störsender, unsere Verbindung unterbrochen hat? Kann man sie wiederherstellen? Und was, wenn nicht? Was, wenn ich nie wieder nach Hause zurückkomme?

Ein Geräusch lässt mich hochschrecken, ein Kratzen an der Tür. Für einen Moment halte ich den Atem an. Aber es ist nur Frieda, die sich im Nachthemd ins Zimmer schleicht.

»Kannst du auch nicht schlafen?«, flüstert sie, während sie ihre Kerze auf meinem Nachttischchen abstellt.

»Nee. Viel zu viele Fragen im Kopf.«

Frieda nickt. »Das dachte ich mir.« Im warmen Licht sehe ich ihre Augen blitzen: »Dann lass sie heraus! Ein paar davon kann ich sicherlich beantworten.«

Friedas Gedanken scheinen nie Achterbahn zu fahren. Im Gegensatz zu mir kennt sie nur eine Richtung: vorwärts.

Ich rutsche zur Seite, damit sie auf das riesige Himmelbett klettern kann, und frage das Erste (und wahrscheinlich Unwichtigste), was mir einfällt: »Wie putzt man sich bei euch die Zähne?«

Auf dem Waschtisch habe ich zwar eine Wasserschüssel, aber weder Zahnbürste noch Zahnpasta finden können.

Frieda lacht. »Ganz einfach.« Sie zeigt mir einen kleinen Lappen und ein Tütchen mit rot eingefärbtem Pulver. Es riecht nach Pfefferminz, genau wie Zahnpasta. Das Pulver streut man auf den Lappen, macht es ein bisschen feucht und dann poliert man sich damit die Zähne. Zahnbürsten, wie wir sie kennen, gibt es schon auch, erklärt Frieda. »Aber das ist Schnickschnack, rausgeschmissenes Geld, findet meine Mutter.«

Und wo wir schon mal dabei sind, erklärt Frieda mir auch gleich, wie ich vorgehen soll, wenn ich ein Bad nehmen möchte: Wichtig ist, dass ich schon am Morgen nach dem Aufstehen Bescheid gebe, damit die Köchin den großen Wasserkessel anheizen und die Burschen anweisen kann, dass sie die Badewanne ins Gästezimmer tragen. Öfter als ein- oder zweimal pro Monat kann man der Dienerschaft diesen ganzen Aufwand allerdings nicht zumuten. Und stundenlang in der Wanne liegen und dabei ein Buch lesen, so wie ich es zu Hause gerne tue, das würde sich hier auch niemand trauen.

»Die glauben immer noch, dass man sich den Tod holt, wenn

das Wasser zu tief in die Hautporen dringt«, seufzt Frieda und verdreht die Augen. Sie schwimmt lieber im Weiher.

Dann arbeiten wir uns Stück für Stück weiter durch den Alltag auf Schloss Frankenhofen: Was sollte ich beim Frühstück beachten? Welcher Dienstbote ist für was zuständig? Wie muss ich mich im Unterricht bei der Dompierre verhalten? Und, und, und.

Ein Glück, dass ich meine Nachmittage lieber mit historischen Romanen als auf dem Rödelkofener Sportplatz verbracht habe. Dadurch bin ich jetzt zumindest nicht komplett ahnungslos. Ich schlüpfe aus dem Bett und schnappe mir meine Briefmappe und einen Bleistift, um aufzuschreiben, was ich nicht vergessen darf. Seite um Seite fülle ich mit Notizen, mit allem, was ich über Friedas Leben wissen muss, und fühle mich dabei wie eine Hälfte des »doppelten Lottchens« – wobei die zwei Mädchen, die hier heimlich im Kerzenschein die Köpfe zusammenstecken, nicht nur aus verschiedenen Städten, sondern aus verschiedenen Jahrhunderten kommen. Und das macht es noch komplizierter: Wie verhalte ich mich, wenn hochrangige Gäste zu Besuch sind? Welche Höflichkeitsregeln gelten bei formellen Anlässen? Welche ist die richtige Anrede? Wen soll ich siezen, wen duzen, erzen oder sogar ihrzen?

Es ist weit nach Mitternacht und mir raucht der Kopf. »Wie soll ich mir das jemals alles merken?!«

»Brauchst du ja gar nicht«, meint Frieda.

»Äh …?« Ich glaube, ich habe mich verhört.

Frieda lacht ihr glucksendes, ein bisschen zu lautes Lachen. Natürlich lacht sie über mich, über mein perplexes Gesicht, aber ich kann es ihr nicht übel nehmen.

»Na, du bist Engländerin«, wischt sie meine Bedenken weg. »Jeder weiß doch, dass Engländer ein bisschen eigen sind. Ich meine, die schütteln sich zur Begrüßung die Hände! Auch wenn sie sich überhaupt nicht kennen!«

Jetzt muss ich auch lachen. Nie zur Begrüßung Hände schütteln, schreibe ich sofort auf den Briefbogen und unterstreiche das »nie« zur Sicherheit gleich zweimal. Und dabei beschließe ich, Frieda einfach zu glauben, dass irgendwie schon alles gut werden wird.

Gegen frühen Morgen muss ich schließlich eingeschlafen sein. Als ich aufwache, ist die Kerze heruntergebrannt. Kräftige Sonnenstrahlen dringen durch die feinen weißen Vorhänge und tauchen das Zimmer in helles, weiches Licht. Für einen Moment traue ich mich gar nicht, mich zu bewegen, weil ich fürchte, dass das alles doch nur ein Traum ist. Aber das weiß gestärkte Spitzenkissen unter meinem Kopf fühlt sich echt an, genauso wie der schwere, gedrechselte Himmelbettrahmen. Neben mir liegt Frieda. Ihr dunkler Wuschelkopf verschwindet fast unter der Decke. Sie schläft noch tief und fest. Ich kann ihren Atem hören. Sie ist da, ganz wirklich und echt.

Vielleicht gehen manche Wünsche ja doch in Erfüllung, denke ich, selbst wenn man sie laut ausspricht.

23.

FRIEDA

Da ist er wieder, der Ernst des Lebens. Zum Teufel! Dotties überraschende Ankunft gestern war eine vorzügliche Zerstreuung. Keinen einzigen Gedanken habe ich an die Dompierre verschwendet! Aber nun sitze ich wieder hier im Musikzimmer, während außerhalb dieser Mauern die Sonne strahlt, und mir graut's vor endlosen Stunden Religion, Französisch und Nadelarbeit. Es bleibt einzig die Hoffnung, dass ich mit Dottie an meiner Seite zumindest nicht vor Langeweile einschlafe.

»Mesdemoiselles! Bonjour!«, flötet die Dompierre und macht sich sogleich mit Dottie bekannt. »Es ist mir eine Freude, Comtesse! Enchantée!«

Ich fange Dotties überraschten Blick auf. Nach meiner Beschreibung hatte sie sich wahrscheinlich eine garstige Hexe vorgestellt. Aber die versteckt sich im Fall der Dompierre eben unter einer makellosen Garderobe und ausgesuchter Freundlichkeit.

Als Erstes beschäftigen wir uns mit dem aktuellen Nachrichtengeschehen. Nicht etwa aus echtem Interesse, Gott bewahre! Der Inhalt dient lediglich zur Einübung gepflegter Konversation. Schließlich wird erwartet, dass junge Damen in Gesellschaft zu jedem Thema einen geistreichen Kommentar abgeben können, wie die Dompierre uns noch einmal mahnend in Erinnerung ruft. Zur Feier des Tages und wohl aus Höflichkeit unserem englischen Gast gegenüber sehen wir sogar ein wenig über den üblichen Tellerrand in die Welt hinaus: Ein schweres Erdbeben erschütterte kürzlich die syrische Stadt Aleppo und in Mexiko wurde ein General namens Agustín de Iturbide zum Kaiser gekrönt. Kurz konversieren wir sogar über einen bekannten schottischen Geologen, wobei weniger seine wissenschaftlichen Errungenschaften im Vordergrund stehen als der bedauerliche Umstand, dass er vergangene Woche an den Pocken erkrankte und verstarb. Dann ist es Zeit für die nächste Lektion.

»'eute wollen wir uns mit etwas physique beschäftigen«, verkündet die Dompierre strahlend.

Mir steht der Mund offen vor lauter Verwunderung. Hat sie eben wirklich »Physik« gesagt?

In der Tat. Im gleichen Singsang, in dem sie sonst das Plusque-parfait erklärt, beginnt die Dompierre, über die Aggregatzustände des Wassers zu referieren – fest, flüssig und gasförmig, Eis und Dampf. Ich habe den leisen Verdacht, dass mein Vater vor seiner Abreise vielleicht doch noch seinen Einfluss geltend gemacht und auf mehr Lerninhalte bestanden hat, die meinen Interessen entsprechen. Und so wagt die Gouvernante heute ganz unerwartet einen Ausflug in die Welt der Naturwissenschaft.

»Mademoiselle Frieda, vielleischt können Sie mir sagen, wie man den Übergang von Dampf in flüssige Form nennt?«

»Kondensation«, antworte ich artig.

»Rischtisch!«, freut sie sich. Es fehlt nicht viel und sie hätte vor Begeisterung in die Hände geklatscht.

Wir sprechen also über Gefrier- und Siedepunkte sowie den Unterschied von Verdunstung und Verdampfung. Ganz neu sind mir diese Erkenntnisse nicht, aber ich tue der Dompierre den Gefallen und zeige mich wissbegierig und aufmerksam.

Zum Abschluss der Stunde sollen die Lerninhalte durch einen Hefteintrag verfestigt werden. Dottie und ich tauchen die Federkiele ins Tintenfass und notieren, was die Dompierre diktiert.

»Wasser kocht stets bei ein'undert Grad Celsius«, spricht die Gouvernante vor.

Meine Feder stockt. »Verzeihung, Mademoiselle, doch da irren Sie sich.«

Erstaunt sieht sie mich an. »Wie meinen?«

»Der Satz ist falsch«, erkläre ich.

Ihr Blick gewinnt schnell an Schärfe. »Das würde misch wundern. Schreiben Sie bitte: … stets bei ein'undert Grad Celsius.«

Aber ich weigere mich, etwas zu Papier zu bringen, das so nicht richtig ist. »Wann das Wasser kocht, hängt ganz davon ab, an welchem Ort der Topf steht. Auf dem Mont Blanc könnte es schon bei neunzig Grad so weit sein.«

»Erzählen Sie keinen Unsinn.«

»Das ist kein Unsinn. Das ist eine wissenschaftliche Tatsache«, gebe ich zurück.

»Ich denke, dass es etwas mit dem Luftdruck zu tun hat …«, setzt Dottie vorsichtig an. Sie will mir helfen und vermitteln. Aber die Dompierre ist nun in Rage. Sie hört ihr überhaupt nicht zu.

»Sparen Sie sisch Ihre Widerworte! C'est vraiment absurde!«, faucht sie mich an.

Ich zucke unbeeindruckt die Schultern, obwohl es in mir

brodelt. »Ich könnte es Ihnen gerne genauer erklären, aber ich fürchte, Sie würden es nicht verstehen.«

Dieser Satz lässt die Dompierre erstarren. Schon im selben Augenblick weiß ich, dass ich zu weit gegangen bin. Aber jetzt sind die Worte ausgesprochen und ich kann sie nicht mehr ungesagt machen. Das Gouvernantengesicht läuft purpurrot an, die Ader an ihrer Schläfe pulsiert gefährlich.

»Diese Fresch'eit werde isch nicht unbestraft lassen«, presst sie hervor.

Und so verbringe ich auch den Nachmittag dieses wunderbaren Sommertags am Pult im Musikzimmer. Ein ums andere Mal schreibe ich den immer gleichen Satz:

Ich gebe keine Widerworte. Ich gebe keine Widerworte. Ich gebe keine Widerworte.

Und dabei denke ich voller Wut einen anderen, immer gleichen Satz: Ich muss sie loswerden. Ich muss sie loswerden. Ich muss sie loswerden.

24.

DOTTIE

Ich habe Frieda den ganzen Nachmittag nicht mehr gesehen. Während ich alleine ein bisschen durch den Park spaziert bin und mich in der Bibliothek umgeschaut habe (so viele wunderschöne alte Bücher!), musste die Arme ihre Strafarbeit erledigen.

Dabei hatte sie ja völlig recht: Natürlich kocht Wasser in großer Höhe schneller. Bei uns wäre das Allgemeinbildung, aber im Jahr 1822 sieht das wahrscheinlich anders aus. Hier dürften die meisten gerade erst gelernt haben, dass die Erde nicht Mittelpunkt des Universums ist. Also ziemlich mutig von Frieda, dass sie sich traut, ihrer Gouvernante zu widersprechen. Dass die es allerdings nicht so toll findet, wenn die eigene Schülerin ihr Wissenslücken vorhält, ist auch irgendwie klar. Entweder Mademoiselle Dompierre war wirklich überzeugt, dass Frieda Unsinn erzählt, oder sie fühlte sich von ihr bloßgestellt.

Vielleicht hätte Frieda sich ihren letzten Satz doch lieber sparen sollen. Der Lehrerin vorzuwerfen, dass sie zu dumm ist, um etwas zu verstehen, das war schon ein bisschen heftig. Ich glaube, dass Frieda manchmal nicht so richtig nachdenkt, bevor sie etwas sagt.

Die Baronin hat mich eingeladen, an der Tanzstunde teilzunehmen. Wie jeden Mittwochabend kommt heute ein Lehrer aufs Schloss, um Frieda die Tänze beizubringen, die sie beim Hyazinthenball auf Burg Kolbenstein beherrschen muss. Frieda verdreht bei dem Stichwort immer nur die Augen. Wenn ich könnte, würde ich glatt mit ihr tauschen.

Die Stunde findet im Spiegelsaal statt, der seinem Namen alle Ehre macht: Goldgerahmte Spiegel an allen Wänden lassen den Raum riesig erscheinen. Das auf Hochglanz polierte Parkett duftet nach Wachs und die Decke ist mit aufwendigen Stuckornamenten verziert. Schon auf den Fotos im Internet fand ich diesen Saal wunderschön. In Wirklichkeit ist er noch viel toller. Ich kann mir gut vorstellen, wie hier die feine Gesellschaft zusammenkommt, unter den ausladenden Kronleuchtern, deren warmes Licht sich hundertfach aus allen Richtungen widerspiegelt. Das ist schon etwas anderes als die Partys im Rödelkofener Jugendzentrum (auf die ich sowieso nie eingeladen bin).

Im Augenblick brennen natürlich keine Kerzen in den Lüstern. Draußen ist es noch lange hell, und in den Spiegeln sehe ich nur mich selbst, wie ich etwas verloren dastehe in meinem Kleid aus dem Theaterfundus, die Arme ungelenk hinter dem Rücken verschränkt, weil ich nicht weiß, wohin damit.

Der Tanzlehrer richtet auf dem Klavier die Noten für die Kirchenorganistin, die für uns heute das Orchester ersetzen wird, während nacheinander Johann, Fidelis und Frieda eintrudeln. Die Brüder müssen als unsere Tanzpartner herhalten, auch wenn sie nicht zum Hyazinthenball eingeladen sind. Johann scheint von dieser Aufgabe nicht gerade begeistert – noch weniger, als der Lehrer ihm Frieda als Partnerin zuordnet. Die beiden sind sich einfach nicht grün. Ich frage mich, woran das eigentlich liegt. Darüber hat Frieda nämlich nie geschrieben.

Mit einer einladenden Geste bedeutet uns der Tanzlehrer, die Plätze einzunehmen: »Wenn die gnädigen Herrschaften belieben, beginnen wir nun mit der Anglaise!«

Ausgerechnet ein englischer Tanz! Fidelis erwartet bestimmt, dass ich den kenne, weil ich ja angeblich aus demselben Land komme. In der Theorie weiß ich zwar, dass es sich dabei um einen Gruppentanz mit mehreren Paaren handelt, aber das ist leider auch schon alles. Die einzigen Tanzfiguren, die ich einigermaßen draufhabe, sind ein paar Grundschritte Discofox, die Fred mir mal beim Polterabend einer Kollegin beigebracht hat. Nicht einmal beim Kinderballett war ich, weil Bret meinte, dass man als Pfadfinderin mehr fürs Leben lernt. Wahrscheinlich hatte er recht. Aber jetzt wäre ich doch ganz froh, wenn Fred sich damals durchgesetzt hätte.

»Um ehrlich zu sein … ich kann überhaupt nicht tanzen«, flüstere ich Fidelis zu, der sicherlich schon einige Bälle besucht hat. Ich finde es nur fair, ihn zumindest vorzuwarnen. Er schaut überrascht, aber da setzt auch schon die Musik ein, und jetzt ist es für weitere Erklärungen zu spät.

Johann und Frieda stellen sich gegenüber auf. Wir verbeugen uns höflich in beide Richtungen.

»Kleines Balancé: Rechts point, links point … und zurück, sechs, sieben, acht!«, zählt der Tanzlehrer vor und streicht sich über seinen dünnen Bart. Er könnte genauso gut Japanisch sprechen, denn ich habe keine Ahnung, wovon er redet.

Frieda und Johann scheint es allerdings ähnlich zu gehen. Sie starten beide gleichzeitig in eine Diagonale, rempeln mit den

Schultern aneinander und kriegen sich erst mal ordentlich in die Haare.

»Rechts!«, pflaumt Frieda ihren Bruder an. »Hat er doch gesagt!«

»Aber Damen nach innen!«, rechtfertigt sich Johann.

»Und woher soll ich das wissen? Schon mal was von ›führen‹ gehört?!«

Der Tanzlehrer versucht höflich, die beiden zu beruhigen. »Bitte, bitte, die Herrschaften, das ist doch nicht weiter tragisch. Fahren Sie einfach fort!« Aber Frieda und Johann achten gar nicht auf ihn.

Fidelis neben mir wartet ab, bereit für einen weiteren Anlauf. Seiner Miene nach zu urteilen, findet er den Geschwisterzwist ziemlich albern und unnötig.

»Das Ganze war nicht meine Idee«, stellt Johann klar.

»Meine etwa?«, schießt Frieda zurück. »Ich wüsste nicht, was diese Stunde überhaupt bringen soll, mit einem Ochsenpantoffel, der nicht mal rechts und links auseinanderhalten kann!«

Johann will schon sauer das Handtuch werfen, da sucht Fidelis ganz ruhig Friedas Blick. »Komm, Fritz, lass gut sein.«

Das wirkt. Frieda nimmt sich tatsächlich zusammen. Man kann richtig sehen, wie sie ihren Frust herunterschluckt. »Meinetwegen.« Sie stellt sich wieder neben Johann, wobei sie ihn wie Luft behandelt, und wartet auf ihren Einsatz.

»Balancé!«, ruft der Tanzlehrer erleichtert, und die Organistin greift in die Tasten.

Diesmal klappt es schon besser.

Bei der nächsten Figur gibt Fidelis mir einen unmerklichen Stups mit der Hand an der Hüfte. Ich verstehe, dass ich jetzt alleine mit einigermaßen eleganten Hopsern in die Mitte des Raumes tanzen soll. Acht Schritte vor, schräg auf Frieda zu, dann wieder zurück. Gar nicht so schwer.

»Jeté, jeté, jeté!«, kommandiert der Lehrer. »Schön aufrecht bleiben, die Damen!«

Das auch noch! Sechs, sieben, acht, zähle ich im Kopf, Takt für Takt. Dabei versuche ich gleichzeitig, nicht auf den Boden zu sehen, mir die Abläufe zu merken und mich ganz auf Fidelis zu fokussieren. Wenn ich mit möglichst wenig Verzögerung seine Bewegungen entgegengesetzt nachahme, kommen wir einigermaßen gut klar.

Erst gegen Ende der Stunde fällt mir auf, dass meine Nervosität völlig verflogen ist. Wahrscheinlich weil neben allem anderen einfach kein Platz mehr in meinem Kopf war.

»Dafür dass du angeblich überhaupt nicht tanzen kannst, schlägst du dich aber erstaunlich wacker«, kommentiert Fidelis. »Oder hat die Comtesse mir vorhin etwa einen Bären aufgebunden?«

»Bestimmt nicht«, versichere ich schnell. »Ich wundere mich ja selbst!« Mein Herz klopft und mir ist ein bisschen schwindelig. Wahrscheinlich nur von den vielen Jetés, rede ich mir ein.

Als ich mich umdrehe, sehe ich mein Spiegelbild, das mir zulächelt, als wollte es sagen: Siehst du, geht doch!

25.

FRIEDA

Draußen vor dem Fenster setzt bereits die Dämmerung ein. Der Himmel leuchtet in einem dunklen Blau. Jane Austens letzte Sätze kann ich ohne Kerzenlicht nur noch mit Mühe entziffern.

»Und was war deine Lieblingsstelle?«, fragt mich Dottie, als ich ihr Buch mit den fliederfarbenen Blumen auf dem Einband schließlich zuklappe.

Da brauche ich nicht lange zu überlegen. »Die Szene, in der Elizabeth Lady Catherine de Bourgh die Meinung geigt.«

Dotties Augen strahlen. Sie weiß augenblicklich, von welcher Stelle ich spreche. »Lizzy muss so wütend sein in dem Moment. Wie kann diese eingebildete Tante ihr verbieten, den Mann zu heiraten, den sie liebt?! Und dann knallt sie ihr ganz lässig diesen Satz vor den Kopf: ›Ich bin lediglich entschlossen, so zu handeln, dass ich auf meine Art glücklich werde, ohne mich daran von Ihnen oder irgendeinem anderen Menschen, der mir ebenso wenig nahesteht, hindern zu lassen.‹«

Sie kennt ihn sogar auswendig.

»Ich könnte das nicht.« Dottie seufzt verzagt. »Wenn ich Lizzy wäre, würde ich wahrscheinlich losheulen. Ich heule immer los, wenn ich wütend bin.«

»Das geht mir genauso.«

Dottie scheint das zu überraschen. »Wirklich?«

Ich nicke. »Aber es gibt einen Kniff, der hilft. Man muss sich auf die Zunge beißen, bis es richtig schmerzt. Meist sind die Tränen dann verschwunden.«

Sie lächelt. »Danke für den Tipp. Das probiere ich mal aus.«

Aus dem Augenwinkel sehe ich einen schwarzen Schatten an der Fensterscheibe vorbeihuschen.

Dottie zuckt zusammen. »Was war das?«

Ich öffne eilig das Fenster. »Die Fledermäuse sind da!«

Ängstlich weicht Dottie zurück. »Die fliegen aber nicht in mein Zimmer rein, oder?«

»Natürlich nicht«, beruhige ich sie, während ich auf das Sims klettere und den Himmel nach einem weiteren Abendsegler absuche. »Komm!«

Dottie zögert. »Ich finde die wirklich gruselig.«

»Aber warum denn?«

»Na ja, wegen der spitzen Zähne«, meint sie. »Und diesen Flügeln aus Haut. Fledermäuse sind einfach … seltsam.«

Ich bin da anderer Meinung. Über den Pappeln ist jetzt der Mond zu sehen. Ein leichter Wind lässt die Zweige leise rascheln.

»Vielleicht sind es ja nur ganz normale Mäuse, die lediglich entschlossen sind, auf ihre eigene Art glücklich zu werden«, sage ich schließlich.

Da muss Dottie lachen. Ich reiche ihr meine Hand und sie lässt sich zu mir auf die Fensterbank ziehen. Die Beine angewinkelt und mit dem Rücken an den Rahmen gelehnt finden wir gerade so beide Platz.

Bald schießen die nimmermüden schwarzen Schatten kreuz

und quer durch die noch tagwarme Luft, auf der Jagd nach Insekten. Während Dottie ihnen beim wilden Treiben zusieht, schwindet langsam ihr Grusel.

»Toll fliegen können sie wirklich«, gibt sie mir recht.

Lange sitzen wir so einander gegenüber, schauen in den Park, der in der Dunkelheit versinkt, und reden, reden, reden – über alles, was uns in den Sinn kommt.

»Ich bin froh, dass du hier bist«, sage ich.

»Ich auch. Sehr sogar.«

26.
DOTTIE

Wie jeden Morgen schaue ich im Musikzimmer als Allererstes unter die Klappe des Schreibpults, um zu sehen, ob Bo sich gemeldet hat. Wie jeden Morgen liegen dort nur mein Heft und Friedas Schulsachen. Ein Tag nach dem anderen vergeht, und sosehr ich die Zeit hier mit Frieda auch genieße, ist doch klar, dass es nicht ewig so weiterlaufen kann. Spätestens in zweieinhalb Wochen, wenn die Ferienfreizeit endet, werden meine Dads sich fragen, wo ich wirklich bin. Auch die Baronin rechnet damit, dass ihr Sommergast dann wieder nach England zurückreist. Nur wie?

»Sollen wir heute Nachmittag einen Ausritt machen?«, schlägt Frieda vor, als sie fröhlich hereingestürmt kommt. »Du kannst doch reiten, oder?«

»Ein bisschen. Bei meinen Großeltern auf der Farm gibt es Pferde.«

Sofort stellt Frieda sich vor, wie ich auf einem wilden Mustang durch die endlose Prärie presche. Meinen Einwurf, dass Grandpas Quarter Horses eigentlich ganz gemütliche Touristen-Reitpferde sind, überhört sie. Rittlings hockt sie sich auf den Stuhl und träumt sich nach Amerika.

»Wie famos es wäre, wenn unser Pult mich dorthin verschicken könnte! Nur kurz, einen Tag oder zwei, damit ich endlich mit eigenen Augen sehen kann, wie es dort ist.«

»Im Moment verschickt es anscheinend überhaupt nichts«, erwidere ich frustriert.

Frieda bemerkt jetzt wohl die Sorge in meinem Gesicht und wird nun auch ernst. »Immer noch keine Nachricht von Bo?«

Ich schüttle den Kopf. »Ich glaube, es ist kaputt.«

»Hm«, macht Frieda und mustert das Schreibpult, als ob sie es mit Röntgenblick durchleuchten und so den Fehler diagnostizieren will. »Was denkst du, was eigentlich dahintersteckt? Wie hat es deine und meine Zeit miteinander verbunden?«

»Keine Ahnung. Zauberei?«

»Glaubst du an Zauberei?«

Ich zucke die Schultern. »Jedenfalls nicht, bevor deine Nachricht plötzlich in meinem Heft aufgetaucht ist. Und du?«

Frieda grinst. »Ich glaube, was wir als Zauberei bezeichnen, sind doch in Wahrheit nur Phänomene, die die Wissenschaft noch nicht hinreichend erforscht hat.«

Ich bezweifle, dass uns die Wissenschaft irgendwann erklären kann, wie unser Schreibpult zum Zeitreisebriefkasten wurde.

Aber Frieda ist in ihren Gedanken schon längst einen Schritt weiter: »… und selbst wenn wir annehmen, dass wir es mit einer Form von Magie zu tun haben, so steht doch fest, dass auch Magie immer gewissen Gesetzen folgt, oder?«

»Du meinst, dass mein Heft nicht einfach zufällig zu dir verschickt wurde. Also dass das Pult irgendwie nach einer Regel funktioniert?«

»Exakt«, bestätigt Frieda. »Nur nach welcher?«

Grübelnd streiche ich mit dem Finger über die verkratzte Schreibplatte. Sie sieht genauso aus, wie sie sich anfühlt – nämlich wie ganz normales, dunkel eingelassenes Nussbaumholz. Keine Spur von Magie, kein grünlicher Schimmer oder geheimnisvolles Glitzern, wie man es aus Filmen kennt, wenn ein Gegenstand Zauberkräfte besitzt. Ich denke an »Harry Potter« und »Herr der Ringe« und all die anderen Bücher, in denen Zauberei eine Rolle spielt.

»In Geschichten ist es doch oft so: Jemand verzaubert einen ganz normalen Gegenstand, der dann auf einmal besondere Fähigkeiten hat. Oder das Zauberding wird aus einem Material hergestellt, das an sich schon magisch ist – Einhornhaare oder Phönixfedern oder so etwas. Ich könnte mir vorstellen, dass wer auch immer das Pult gebaut hat, auch weiß, wie es funktioniert.«

Frieda nickt. Sie wirkt wie elektrisiert. »Die erste Frage muss also lauten: Wie kam die Magie dahinein? Und die zweite Frage ist: Wie haben wir sie in Gang gebracht?«

»Moment. Du meinst, *wir* haben das Pult dazu gebracht, dass es die Verbindung aufnimmt?«

»Aber gewiss! Denk doch: Als du das Pult zum ersten Mal angesehen hast, in dem Laden, lag da etwas unter dem Deckel?«

»Nein.«

»Oder als du es nach Hause geholt hast?«

»Auch nicht.«

»Aber zu diesem Zeitpunkt hatten meine Brüder und ich es schon seit Jahren benutzt.«

Jetzt verstehe ich, was sie meint. »Dein Französischbuch und das Vokabelheft müssten eigentlich schon die ganze Zeit drin gewesen sein.«

»So ist es. Was also hat das Portal geöffnet?«

Es ist wirklich lustig: Selbst bei etwas so Unlogischem wie Magie verliert Frieda nie ihre wissenschaftliche Herangehensweise. Schritt für Schritt sprechen wir jetzt durch, was wir am Nachmittag und Abend unseres gemeinsamen Geburtstags getan haben. Während ich das Pult bei mir zu Hause aufgestellt habe, war Frieda froh, mit dem Unterricht fertig zu sein. Sie ist auch nicht mehr ins Musikzimmer zurückgekehrt. Ich dagegen saß noch bis spätabends da und habe in das Heft geschrieben. Danach habe ich es einfach unter die Klappe gelegt. Ich habe weder einen Zauberspruch aufgesagt noch einen geheimen Hebel betätigt noch sonst irgendwas Ungewöhnliches gemacht. Aber am nächsten Morgen öffnete Frieda den Deckel – und da war es.

»Es könnte damit zu tun haben, *was* du geschrieben hast«, schlussfolgert sie.

Doch bevor wir diesem Gedanken genauer nachgehen können, werden wir abrupt unterbrochen.

»Bonjour, Mademoiselles!«, flötet es hinter uns, und wir fahren herum.

Fast hätten wir vergessen, dass heute ja ein ganz normaler Schultag ist. Statt detektivischer Nachforschungen zu Schlupflöchern im Raum-Zeit-Kontinuum steht jetzt Bibelstudium auf dem Stundenplan. Altes Testament, Buch Kohelet: »Ein jegliches hat seine Zeit und alles Vorhaben unter dem Himmel hat seine Stunde.«

Frieda stößt hörbar genervt die Luft aus, aber was will man machen …

27.
FRIEDA

Ich habe mir meine Argumente zurechtgelegt, mir genau überlegt, was ich sagen will. Ich habe gewartet, bis die Gewitterwolken sich verzogen haben. So ist es besser. Kurz habe ich erwogen, Fidelis zu bitten, Mutter meinen Vorschlag vorzubringen. Er ist ihr Lieblingssohn, für ihn hat sie immer ein offenes Ohr. Aber die Dompierre ist meine Angelegenheit. Und wenn es an der Zeit ist, erwachsen zu werden, wie meine Mutter so gerne betont, dann ist es auch an der Zeit, dass ich mich meiner Angelegenheiten annehme, anstatt meinen großen Bruder vorzuschicken.

Am frühen Nachmittag, wenn es ihr draußen zu heiß ist, zieht Mutter sich gerne in den Blauen Salon zurück. Früher habe ich dort oft auf dem weichen Teppich gespielt, während sie die Füße hochlegte und die Post las, so wie jetzt gerade.

»Hofrätin von Aurach-Thorgau hat mich nächstes Wochenende auf ihren Landsitz zum Diner eingeladen«, informiert sie mich freudig. »Endlich wieder etwas Zerstreuung und Geselligkeit! Man hatte ja das Gefühl, die Decke fällt einem auf den Kopf, wenn alle Welt in die Sommerfrische fährt, nur wir nicht!«

Was die Decke angeht, die einem auf den Kopf zu fallen

droht, dazu hätte ich auch einiges zu sagen. Aber ich habe mir ja vorgenommen, mein Anliegen ruhig und besonnen darzulegen. Die gegenwärtig gute Stimmung meiner Mutter wiegt dabei hoffentlich zu meinem Vorteil. Ich setze mich also zu ihr auf das samtene Kanapee.

»Was kann ich für dich tun, Liebes?«, fragt sie und nippt an dem kühlen Zitronenwasser, das Agatha uns serviert hat.

Ruhig und besonnen, ermahne ich mich noch einmal im Stillen, bevor ich auf den jüngsten Vorfall mit der Dompierre zu sprechen komme. »Die Strafarbeit hatte ich wohl verdient. Was ich gesagt habe, war ungebührlich und ist nicht zu entschuldigen.«

Mutter nimmt meine Einsicht wohlwollend zur Kenntnis. »Ich möchte jedenfalls nicht, dass so etwas noch einmal geschieht«, erklärt sie.

In diesem Punkt stimme ich ihr durchaus zu. Wie man dafür sorgen könnte, dass so etwas nicht mehr geschieht? Nun, da gäbe es eine einfache Lösung: indem man der Gouvernante kündigt. So unverblümt kann ich das natürlich nicht vorschlagen. Am besten wäre es, wenn Mutter selbst diese Schlussfolgerung zöge. Also schildere ich unseren Disput und meine Enttäuschung darüber, dass es mit dem Bildungsstand der Dompierre, was Physik, Geografie und sogar Biologie angeht, leider nicht so gut bestellt ist – eine Tatsache, die, sollte meine Mutter sie bezweifeln, auch Comtesse Dorothea bezeugen kann.

»Dottie wird übrigens zu Hause von mehreren Lehrern in einer Vielzahl von Fächern unterrichtet«, führe ich an (und das ist ja nicht einmal gelogen).

Dieses Argument macht Eindruck auf meine Mutter, genau

wie ich es erwartet hatte. Sie zögert einen Moment und füllt unsere Gläser nach, bevor sie antwortet: »Nun … wir konnten natürlich nicht erwarten, dass eine junge Gouvernante wie Mademoiselle Dompierre umfassendes Wissen in sämtlichen Disziplinen vorweisen kann. Aber ich verstehe die Enttäuschung, dass deine Vorlieben im Unterricht zu kurz kommen.«

Ihr Verständnis ist ehrlich und mehr, als ich erhofft hatte – zumal ich in den letzten Monaten den Eindruck hatte, dass es Mutter kaum interessiert, was ich außerhalb des Musikzimmers treibe. Aber es reicht nicht.

»Es geht ja gar nicht so sehr um meine Vorlieben«, erkläre ich. »Auch Lehrer Hinkel hat uns nicht den ganzen Tag von Humboldts Expeditionen erzählt. Aber bei ihm hatte ich nie die Sorge, dass mein Geist alsbald einrosten könnte wie ein altes Schiffswrack. Kann er mich nicht wieder unterrichten?«

»Herr Hinkel genießt seinen wohlverdienten Ruhestand«, widerspricht meine Mutter. »Ihr habt ihm lange genug auf der Nase herumgetanzt.«

»Es muss doch möglich sein, jemanden zu finden, der zumindest etwas mehr Allgemeinbildung besitzt?« Meine Stimme klingt jetzt nicht mehr besonnen und ruhig, sondern eine Spur verzweifelt.

Mutter sieht mich lange an. »Sicher wäre das möglich.« Sie seufzt und streicht mir übers Haar, wie sie es früher oft getan hat. »Nur ist uns damit doch nicht geholfen. Dein Vater und ich haben ausführlich gesprochen. Und wir sind übereingekommen, dass Mademoiselle Dompierre die richtige Wahl ist.«

»Aber … das kann doch nicht euer Ernst sein?!«, bricht es aus mir heraus.

»Liebes, so schön deine Träumereien von Forschungsreisen in fremde Länder waren – jetzt geht es darum, die Dinge zu lernen, die ein Fräulein deines Standes beherrschen muss. Du bist vierzehn Jahre alt. Du musst dich auf deine Zukunft konzentrieren, auf das wirkliche Leben, das vor dir liegt. Wenn du es dir auch nur annähernd so angenehm gestalten willst, wie du es hier gewohnt bist, dann rate ich dir, unsere Erwartungen zu erfüllen. Geld wächst nicht an Bäumen, Frieda. Niemand wird dich zu den Pyramiden oder zum Mississippi ziehen lassen. Es ist höchste Zeit, dir diese kindischen Hirngespinste endlich aus dem Kopf zu schlagen.«

Ein heißer, dicker Kloß drückt mir den Hals zu, und ich beiße mir auf die Zunge, bis es schmerzt. Stumm fixiere ich die Zitronenscheibe, die wie ein toter Fisch oben in meinem Wasserglas schwimmt. Nichts wird sich mehr ändern. Und das zu wissen, ändert alles für mich.

28.
DOTTIE

»Come fly with me«, singt Frank Sinatra. »Let's fly, let's fly away …« Etwas scheppernd dringt seine Stimme aus dem pinken, kugelförmigen Mini-Lautsprecher, den Bo mir geschenkt hat. Frieda und ich liegen nebeneinander im hohen Gras. Die Luft riecht nach warmer Erde und schwirrt vor Insekten. Kentucky und der pummelige Balthasar, auf dem ich reiten durfte, grasen ein Stück entfernt. Hier, weit weg vom Schloss, kann uns niemand sehen oder Frank Sinatra hören. Immer und immer wieder will Frieda den Song abspielen. Der Akku macht das zum Glück mit, weil ich das Handy die ganze Zeit ausgeschaltet hatte, seit ich auf dem Schloss angekommen bin.

Friedas Augen sind rot und verquollen. Stumm schaut sie in den wolkenlosen Sommerhimmel, wo keine Flugzeuge fliegen, sondern Zitronenfalter und Schwalben, ganz hoch oben. Irgendwas muss zwischen ihr und ihrer Mutter passiert sein, aber ich traue mich nicht, sie darauf anzusprechen. Wenn sie darüber reden will, dann wird sie das schon von sich aus tun.

»Pack up, let's fly awaaaaay«, schmettert Sinatra noch ein letztes Mal.

Frieda legt mein Handy zur Seite.

»Wie lange würde man brauchen, von hier bis zum Mississippi – also, in deiner Welt?«, fragt sie.

»Wenn man direkt fliegt, zwölf Stunden vielleicht?«, schätze ich. »Aber erst mal muss man natürlich zum Flughafen fahren.«

Frieda will es genauer wissen. »Wo ist der Flughafen? Und wie kommt man dahin?«

Ich hoffe, dass meine verrückten Geschichten aus der Zukunft Frieda ein bisschen von ihrem Kummer ablenken. Also erkläre ich ihr alles ganz genau: wie es in einem Flugzeug ausschaut und was man machen und sehen kann, dort oben, über den Wolken. Ich beschreibe, wo man sein Gepäck verstaut, wie das Essen auf Tabletts in kleinen Plastikschälchen serviert wird, und sogar, was man tut, wenn man in zehntausend Metern Höhe auf die Toilette muss. Als ich die in den Sitztaschen immer vorhandenen, faltbaren Papiertüten erwähne und wofür die gut sind, bringt das Frieda wenigstens ein bisschen zum Lachen.

»Früher haben Dad und ich aus den Tüten Handpuppen gebastelt. Man muss sich ja irgendwie beschäftigen auf so einem langen Flug.«

Ich erzähle von unseren Familienbesuchen in den USA und dass ich in den Osterferien zum ersten Mal ganz alleine zu meiner Tante Roxy fliegen durfte.

»Meine Eltern haben mich natürlich zum Flieger gebracht und Roxy hat mich direkt am Gate abgeholt. Aber ich kam mir dabei schon richtig erwachsen vor.«

Da verdüstert sich Friedas Blick plötzlich, und ich habe das doofe Gefühl, etwas Falsches gesagt zu haben.

»In deiner Zeit würde ich auch gerne erwachsen werden«, meint sie, und ihre Stimme klingt matt, ganz anders, als ich sie sonst kenne. Dann rückt sie endlich mit der Sprache heraus, über die Zukunft und das »wirkliche Leben« und alle ihre Träume, die nicht in Erfüllung gehen sollen. Selbst wenn Frieda volljährig ist, werden andere darüber bestimmen wollen, was sie tun und lassen darf – einfach weil sie Männer sind und das nötige Geld besitzen.

Ich lege den Arm um Frieda und drücke sie einen Moment lang einfach nur fest.

»In meiner Zeit ist auch nicht alles super«, versuche ich zu relativieren. »Flugreisen sind teuer. Die kann man sich nur leisten, wenn man relativ reich ist. Und mal abgesehen davon ist Fliegen auch sehr umweltschädlich. Flugzeuge verbrennen Treibstoff und stoßen dadurch gefährliche Gase aus. Deswegen wäre es besser, wenn man ganz aufs Fliegen verzichten würde.«

»Das sagst du doch jetzt alles nur, um mich zu trösten«, schnaubt Frieda.

Ein bisschen recht hat sie damit schon. Aber was soll ich sonst machen? »Ich glaube, du stellst dir das Erwachsenwerden gerade viel schlimmer vor, als es wirklich ist«, rede ich ihr zu. »Wenn du erst mal in die Gesellschaft eingeführt bist, dann darfst du doch bestimmt öfter zu Festen und Empfängen gehen, auch weiter weg von hier. Also, ich fände das ziemlich aufregend. Ich meine, wer weiß, wen du da alles kennenlernst?!«

Frieda schweigt. So richtig aufbauend ist das nicht, das merke ich selber.

»Und ich verspreche, dass ich dir alles beibringe, womit ich mich auskenne. Flugzeuge und Amerika und alles, was du wissen willst«, versuche ich es weiter. »Wir machen einfach das Beste draus, okay?«

»Okay«, murmelt Frieda mir nach.

Eine Weile sitzen wir einfach still da, mein Arm um Friedas Schultern, und gucken den Schwalben hinterher, die Richtung Westen fliegen. Frieda strafft sich und putzt ihre Nase in ein Stofftaschentuch. Sie sieht trotzig aus, stark und kämpferisch – Frieda eben, auch wenn sie geweint hat.

»Vielleicht wirst du nie nach Amerika kommen«, sage ich und schaue ihr dabei fest in die Augen. »Aber ich kann mir beim besten Willen nicht vorstellen, dass Frieda von Frankenhofen ein langweiliges Leben führen wird.«

Der Trotz in ihrem Gesicht weicht einem schiefen Lächeln. »Sicher?«

»Ganz sicher.«

29.
FRIEDA

Ich werde kein langweiliges Leben führen, denke ich. Niemand vermag es, mich dazu zu zwingen.

Dottie döst neben mir im Gras. Sie kennt mich erst seit wenigen Wochen, aber mitunter habe ich das Gefühl, dass sie mich besser kennt als irgendjemand sonst. Und sie hat recht. Ich bin so, wie ich bin. Ich lasse mich nicht verbiegen zu einer stickenden, klavierklimpernden Tanzmaus. Das wird mir Ärger einbringen, aber Ärger bin ich gewohnt.

Kentuckys Schnauben unterbricht meine Gedanken. Ich richte mich auf, um zu sehen, ob alles in Ordnung ist. Da entdecke ich ihn. Johann, natürlich. Er hockt am Rand des Feldwegs, seine Mappe auf den Knien. Er zeichnet gut, das will ich gar nicht bestreiten. Aber warum man Blätter über Blätter mit Landschaftsskizzen füllen muss, ist mir schleierhaft. Als wären die Frankenhofener Hügel und Felder das Interessanteste, was die Welt zu bieten hat. Wie lange er wohl schon dort sitzt?

Jetzt ist auch Dottie wieder wach geworden.

»Oh, da seid ihr«, stellt Johann fest. Ich könnte schwören, dass er das längst wusste. Er schließt seine Mappe und kommt auf uns zu. Schnell lasse ich Dotties wunderliches Musikkästchen mitsamt der rosafarbenen Schallkugel in meiner Rocktasche verschwinden. Hoffentlich hat er es noch nicht bemerkt.

»Was macht ihr hier?«, fragt er.

»Wonach sieht's denn aus?«, gebe ich zurück. »Wir frisieren Grasmücken.« Dumme Fragen verdienen eben auch dumme Antworten.

»Du bist doch nicht bei Trost.«

»Ja. Kann schon sein«, erwidere ich gleichmütig.

Darauf weiß Johann nichts mehr zu sagen. Mit den Händen in den Hosentaschen steht er da, aber Worte finden sich darin auch keine. *Ihm* sollte die Dompierre mal gepflegte Konversation beibringen!

»Bei der Voglsbäuerin gibt es schon die ersten Zwetschgen«, informiert er uns schließlich. Er sagt das mehr an Dottie als an mich gerichtet. Dabei mustert er sie seltsam durchdringend.

Dottie weiß anscheinend auch nicht, was sie davon halten soll. »Oh. Schön. Vielleicht können wir auf dem Rückweg welche mitnehmen«, meint sie.

»Ja. Also dann …«, verabschiedet sich Johann nach einer erneuten, betretenen Pause und tippt an seinen Hut, bevor er endlich das Feld räumt.

Dass mein Bruder etwas verschroben ist, dürfte jedem klar sein. Aber diese Begegnung hinterlässt ein unwohles Gefühl bei mir.

»Meinst du, er hat uns gehört?«, flüstert Dottie, als Johann außer Sichtweite ist. »Vorhin als wir übers Fliegen und das alles geredet haben?«

Ich bin mir nicht sicher, aber möglich wäre es. Johann wird sich keinen Reim darauf machen können und Dotties Geschichten für das Geschwätz versponnener Mädchen halten. Nichtsdestotrotz, wir müssen vorsichtiger sein.

»Meinem Bruder ist nicht zu trauen«, warne ich Dottie. »Einmal habe ich mich heimlich aus dem Schloss gestohlen, weil in der Stadt eine Schauspieltruppe gastierte, aus Italien. Die wollte ich sehen. Meine Mutter hatte es mir verboten. Sie hegt Vorbehalte gegen fahrendes Volk. Johann hat es herausgefunden und meine Verfehlung prompt an Mutter weitergetragen. Natürlich nur, um selbst in einem besseren Licht dazustehen.«

Dottie schluckt. »Was, wenn er rauskriegt, dass ich keine Comtesse bin? Was passiert dann?«

Diese Frage hat sie mir so ähnlich schon einmal gestellt, gleich am ersten Tag. Damals wollte ich sie nicht beunruhigen, aber diesmal beschönige ich die Antwort nicht: »Man würde dich wohl als Betrügerin auf die Straße setzen oder sogar ins Zuchthaus sperren.«

Dottie nickt. Sie hatte wohl schon so etwas erwartet. Aber ich weiß, dass sie es dazu nicht kommen lassen wird. So gut kenne ich sie mittlerweile auch. Dottie ist höflich und gesittet, eine aufmerksame Zuhörerin und eine eifrige Schülerin. Ihr Violinenspiel zeugt von großer Musikalität. Meine Mutter, Fidelis, sogar die Dompierre sind ganz bezaubert von ihr. Comtesse Dottie wird niemandem einen Anlass bieten, Verdacht zu schöpfen. Sie ist eine, die alles richtig macht.

30.
DOTTIE

»Dottie? Bleibst du bitte kurz noch hier, mein Kind?«, bittet mich die Baronin nach dem Frühstück, als alle vom Tisch aufstehen.

Ich halte die Luft an. Ob ich einen Fehler gemacht habe?, schießt es mir sofort durch den Kopf. Ob Johann gestern auf dem Feld doch irgendwas mitbekommen und ihr weitererzählt hat? Oder warum will sie mich sonst sprechen? Ich suche Friedas Blick, aber die zuckt die Schultern. Sie weiß es auch nicht.

»Nun schau nicht so verschreckt!« Die Baronin lacht. »Ich wollte dir doch nur sagen, wie froh wir uns schätzen, dich hier zu haben. Du bist so eine wunderbare Bereicherung für unser Haus.«

»Danke«, stammle ich und atme erleichtert aus.

Frieda hat einen Moment im Türrahmen gewartet, wohl zur Sicherheit, falls ich ihre Hilfe brauche. Sie zieht die Stirn kraus. Bevor ich ihre Miene wirklich deuten kann, dreht sie sich um und schließt die Tür hinter sich.

»Ich würde dich gerne meinen Freundinnen vorstellen«, erklärt ihre Mutter, als wir alleine sind. »Heute Nachmittag trifft sich der Stickkreis bei uns im Blauen Salon. Auch die Hofrätin von Aurach-Thorgau wird dabei sein. Sie hat gute Beziehungen nach Kolbenstein … Es wäre sicherlich von Vorteil, bei ihr einen guten Eindruck zu erwecken. Und ich wage zu behaupten, dass dies Frieda leichterfiele, wenn du auch mit anwesend wärest.«

»Ja natürlich, gerne«, sage ich und gerate innerlich in Panik, weil meine Kenntnisse aus der Handarbeits-AG für einen exklusiven Stickkreis vornehmer Damen sicherlich nicht ausreichen.

In das herzliche Lächeln der Baronin mischt sich eine Spur Bedauern. »Manchmal wünschte ich, meine Tochter wäre ein bisschen mehr wie du.«

Ich weiß nicht, was ich darauf antworten soll. Einerseits freut es mich, dass ich mich als Gast hier offenbar nicht ganz so dumm anstelle wie befürchtet. Die Baronin scheint mich wirklich zu mögen. Andererseits tut Frieda mir leid. »Ihr liegt eben nicht viel an Handarbeiten«, räume ich ein.

Friedas Mutter seufzt. »Ihr liegt leider an so vielem nichts. Aber du hast einen guten Einfluss auf sie, Dorothea. Vielleicht kannst du ihr als gutes Beispiel vorangehen.«

»Ich kann es versuchen«, sage ich.

Ohne anzuklopfen, stürze ich in Friedas Zimmer. »Ich brauche deine Hilfe.«

Als ich ihr erkläre, warum ich jetzt so dringend noch vor dem Unterricht meine Handarbeitskenntnisse auffrischen muss, stöhnt sie genervt und lässt sich auf ihr Bett fallen.

»Oh nein, der höllische Stickkreis! Daran habe ich überhaupt nicht mehr gedacht.«

Lustlos zieht sie ein besticktes Deckchen als Beispiel aus ihrer Truhe und zeigt mir daran, was ein Stielstich ist und wie er sich vom Kettenstich unterscheidet – beides Techniken, die jedes adlige Fräulein wahrscheinlich schon beherrscht, bevor es lesen oder schreiben kann.

»Von links durch, dann die Schlinge, dann zurück …«

Mangels Nadel und Faden sticke ich übungshalber mit dem Finger in der Luft herum, was sicher nicht die beste Methode ist.

Frieda schaut mir gar nicht richtig zu. Bisher hatte ich immer den Eindruck, dass es ihr Spaß macht, mir Nachhilfe im Leben anno 1822 zu geben, aber heute ist irgendetwas anders.

»Kein Grund zur Aufregung«, meint sie. »Beim Stickkreis meiner Mutter ist das Sticken vermutlich der unwichtigste Anteil.«

Damit stellt sich mir gleich ein Haufen weiterer Fragen: »Was tut man denn sonst noch? Wer kommt da eigentlich alles? Und worüber unterhält man sich?«

Während Frieda mir eine schnelle Einführung gibt, notiere ich gewissenhaft, wer die feinen Damen sind, die ich heute Nachmittag treffen werde, wie ihre Familien im Verhältnis zu Frankenhofens stehen und welche Gesprächsthemen ich zu erwarten habe. Besonders die richtige Abfolge bei der Begrüßung in so einer offiziellen Gesellschaft muss ich mehrmals trocken üben, bevor ich einigermaßen zuversichtlich bin, dass ich vor niemandem falsch knickse oder sonst etwas fürchterlich verbocke. Ich komme mir ziemlich albern vor, wie ich so vor Friedas Ankleidespiegel meinen Rock anhebe, in die Knie gehe und höflich in eine nicht existierende Damenrunde lächle.

»Wenn deine Mutter das sehen könnte.« Ich lache. »Die denkt, dass du dir an *mir* ein Beispiel nehmen solltest!«

Friedas Miene verdüstert sich. »Hat sie das gesagt?«

»Ja. Dabei wäre ich ohne dich total aufgeschmissen.«

Frieda schnaubt in sich hinein und stopft das Stickdeckchen zurück in ihre Aussteuertruhe. »Ich glaube, da irrst du dich.«

»Wieso?«, frage ich verwundert.

»Wenn es darauf ankommt, kämest du auch ohne mich bestens zurande.« Das klingt weniger nach einem Kompliment als nach einer Feststellung. Sichtlich verstimmt geht sie zur Tür. »Schon fast acht. Wir müssen nach unten.«

Vielleicht hätte ich Frieda lieber nichts über mein Gespräch mit ihrer Mutter erzählen sollen. Ich dachte, sie freut sich darüber, dass die Baronin mich lobt. Schließlich ist das auch ihr Verdienst. So richtig verstehe ich nicht, was gerade in ihr vorgeht. Aber mein Gefühl sagt mir, dass nicht nur die Aussicht auf die Stickrunde schuld an ihrer schlechten Laune ist.

31.
FRIEDA

»Nein!«, murmle ich und fahre erschrocken von meiner eigenen Stimme aus dem Schlafe hoch. Ich muss nach dem Unterricht auf dem Steg am Weiher eingenickt sein. Die Mittagssonne brennt in mein Gesicht. Doch trotz der sommerlichen Temperaturen steht kalter Schweiß auf meiner Stirn und mein Atem geht schnell.

Ich schüttle mich, aber die irrwitzigen Bilder meines Traums stehen mir noch so deutlich vor Augen, als hätte ich sie tatsächlich erlebt: Die graue Maus, von der beträchtlichen Größe eines ausgewachsenen Hundes, wie sie mit einer Sticknadel in der Pfote auf mich zustürmt. Erst eine, dann eine ganze Reihe Mäuse, jede genauso groß und grau wie ihre Vorgängerin. Die Hälfte ist mit bedrohlich spitzen, ellenlangen Sticknadeln bewaffnet, der Rest rollt riesige Spulen zartrosa Garn vor sich her.

»Lasst mich!«, rufe ich. »Verschwindet!«

Aber die Mäuse stürmen unbeirrt auf mich ein. Ich weiche zurück, doch sie umringen mich. Es werden immer mehr. Flink fädeln sie das Garn in die Nadeln und beginnen zu sticken. Die Nadeln tanzen, die Fäden überkreuzen sich. Ein Netz entsteht, ein Spinnennetz aus rosa Garn, aus dem es kein Entrinnen gibt.

»Ihr könnt mich nicht zwingen!«, protestiere ich, wobei ich gar nicht weiß, wozu mich die Mäuse zwingen wollen. Vielleicht, eine von ihnen zu werden?

Unablässig verdichtet sich das Netz. Da entdecke ich Dottie in der Ferne. Sie steht da, mit weit aufgerissenen Augen.

»Hilfe!«, schreie ich.

Dottie sieht alles, was geschieht. Das Entsetzen ist ihr ins Gesicht geschrieben. Aber sie rührt sich nicht vom Fleck.

Das Netz schnürt mich ein. Es droht, mir die Luft zum Atmen zu nehmen. Ich weiß, es ist an mir. Ich muss mich wehren. Ich muss irgendetwas tun. Ich darf das nicht zulassen.

»Nein!«, presse ich noch hervor.

Und dann bin ich aufgewacht. Welche Botschaft mir meine Einbildungskraft mit diesem hanebüchenen Traum wohl senden will?

32. DOTTIE

Viel zu schnell ist es Nachmittag. Während Frieda eine Runde schwimmen wollte, habe ich mir lieber vor dem Stickkreis noch mal meine Notizen angesehen. Jetzt stehe ich vor der Flügeltür des Blauen Salons, alleine. Frieda war wohl schon vor mir da. Bin ich zu spät? Nein, die Standuhr im Flur schlägt gerade erst drei. Nervös gehe ich im Kopf noch einmal die korrekte Reihenfolge der Begrüßung durch: ein paar Schritte ins Zimmer, dann tiefer Knicks zur ganzen Gesellschaft, Kompliment vor der Gastgeberin und Dame des Hauses, dann die Begrüßung der anderen Damen nach Rangfolge, angefangen natürlich bei der Hofrätin. Ich atme tief durch und klopfe vorsichtig an.

»Nur hereinspaziert!«, höre ich die fröhliche Stimme der Baronin.

Ich öffne die Tür, lächle in die Runde und mache höflich meine Knickse. Frieda ist nicht im Salon. Anscheinend hat sie sich verspätet. Die Baronin stellt mich ihren Freundinnen vor und betont mehrmals, aus welch gutem Hause ich stamme.

»Wo ist denn Ihr Fräulein Tochter?«, will die Hofrätin wissen. »Wollte sie uns nicht auch Gesellschaft leisten?«

»Sie ist sicherlich gleich da«, vertröstet die Baronin.

Aber Frieda kommt nicht. Die Damen packen ihre Handarbeitssachen aus. Muster werden verglichen, Erfrischungen gereicht. Immer wieder geht der angespannte Blick der Baronin zur Tür.

»Wo bleibt Frieda denn?«, wispert sie mir zu.

»Ich weiß es nicht«, flüstere ich zurück. Hätte ich Frieda noch mal an den Stickkreis erinnern müssen? Aber ich kann mir nicht vorstellen, dass sie unsere Verabredung vergessen hat. Wir haben ja heute Morgen erst darüber geredet.

»Womöglich ist sie unpässlich, das arme Kind?«, vermutet die Frau des Oberforstmeisters.

»Ja, das könnte sein«, schwindle ich schnell. »Frieda war schon nach dem Mittagessen nicht gut.«

Die Baronin weiß genau, dass das nicht stimmt. Aber sie nimmt meine Ausrede auf und beschließt, nicht länger zu warten. Einer der Dienstboten wird geschickt, um nach Frieda zu schauen, während wir uns an die Stickereien machen. Ich spanne einen kleinen Kissenbezug auf einen runden Rahmen und suche mir ein einfaches Blumenmuster aus.

»Pfingstrosen!«, freut sich die Hofrätin. »Zu Hause in England müssen Sie herrliche Pfingstrosen haben! Ich habe einige Gemälde gesehen – traumhaft!« Leider seien die Bodenverhältnisse in ihrem Garten für Pfingstrosen nicht optimal, bedauert sie.

Mit Pfingstrosen kenne ich mich nicht besonders gut aus, aber über englische Schlossgärten kann ich ihr etwas erzählen. Den Park von Pemberley House zum Beispiel habe ich genau vor Augen. Jetzt zahlt es sich aus, dass ich jede Jane-Austen-Verfilmung x-mal angeschaut habe. Ich beschreibe der Hofrätin also den künstlichen Wasserfall, und weil es sie zu interessieren scheint, noch die Gewächshäuser und das Heckenlabyrinth. Einige Hektar Wald gehören auch zu dem Anwesen.

»Ihr Vater ist sicherlich ein passionierter Jäger?«, erkundigt sich die Forstmeisterin.

»Oh ja. Allerdings kein besonders guter«, bestätige ich. »Bei der Fasanenjagd gibt ihm unser Nachbar, Mr Darcy, immer heimlich einen Teil seiner Beute, damit Papa nicht mit leeren Händen nach Hause kommt.«

»Ganz wie der meinige, ein Meisterschütze vor dem Herrn!«, ruft die Hofrätin lachend. Die anderen Damen amüsieren sich.

»Erzählen Sie mehr«, stupst mich die Forstmeisterin an. »Schließlich haben wir nicht alle Tage eine echte Engländerin zu Gast.«

Die Baronin nickt mir auffordernd zu. Mir bleibt also gar nichts anderes übrig, als weiterzuflunkern. Ich beschreibe Brewster Hall, das Herrenhaus meiner angeblichen Familie, und unser Stadthaus in London. Ich erfinde Nachbarn und Verwandte, die ziemlich große Ähnlichkeiten mit den Dashwoods, Willoughbys, Bingleys und Crawfords aus meinen Büchern haben. Dabei kann ich nur hoffen, dass niemand hier Jane Austen schon auf Englisch gelesen hat, doch die Wahrscheinlichkeit ist zum Glück gering. Zum Sticken komme ich so gut wie gar nicht, aber ich glaube, das macht nichts, denn die Damen fühlen sich gut unterhalten. Sie hören ganz gebannt zu und haben haufenweise Fragen – eigentlich genau wie Frieda, wenn ich ihr von Computern und Flugzeugen erzähle.

Sogar die Baronin wirkt jetzt recht entspannt. Sie schaut nicht mehr ständig zur Tür, und als sich unsere Blicke treffen, schmunzelt sie mir zufrieden zu. Inzwischen habe ich ja schon einige Tage Übung darin, eine falsche Comtesse zu sein. In diesem Moment fühlt es sich zu meiner Überraschung gar nicht mehr so falsch an. Nicht nur, dass es mir immer leichterfällt, irgendwelche Geschichten zu erfinden, es macht mir langsam sogar richtig Spaß. Woher diese Geschichten kommen? Keine Ahnung. Vielleicht steckten sie schon immer in mir drin und ich wusste es nur nicht?

»Wie bedauerlich, dass wir unser schönes Beisammensein schon beendigen müssen«, seufzt die Forstmeisterin schließlich, während sie ihre Sticksachen wieder in die Tasche packt. Die Damen bedanken sich bei der Baronin für die Einladung und den vergnüglichen Nachmittag, leeren noch schnell ihre Teetassen und verabschieden sich.

An der Tür nimmt die Hofrätin meine Hand. »Comtesse, tun Sie mir einen Gefallen? Kommen Sie auch am Samstag zu unserem Diner. Ich würde mich außerordentlich freuen.«

Damit hatte ich nicht gerechnet. »Aber natürlich, gerne – also falls Baronin von Frankenhofen nichts dagegen hat«, stottere ich.

»Keineswegs«, erwidert die Baronin, und dabei strahlt sie mich fast genauso stolz an wie mein Dad damals, als ich mein erstes Pfadfinderabzeichen gemacht habe.

33.
FRIEDA

Im Arbeitszimmer meines Vaters hat man seine Ruhe. Niemand geht in sein Zimmer, wenn er nicht zu Hause ist. Das ist ein unausgesprochenes Gesetz. Aber auch unausgesprochener Gesetze bin ich längst überdrüssig, wie so vielem. Vaters alter Ledersessel knarzt behaglich und es riecht nach abgestandenem Pfeifenrauch. Meine Beine baumeln über der Armlehne, und ich lese ein Buch über die Seidenraupenzucht, weil es das erste war, das mir in die Hände fiel. Warum befassen sich nicht mehr Leute mit der Biologie der Seidenraupe statt mit Nadelarbeiten? Ich werde es wohl nie verstehen.

Die Tür öffnet sich.

»Ah, hier bist du«, sagt Fidelis. »Das Personal sucht nach dir.«

»Nicht besonders gründlich«, gebe ich zurück. »Ich sitze hier schon den ganzen Nachmittag.«

Fidelis zieht die Augenbrauen hoch. »Mutter ist sehr aufgebracht.«

»Weil ich nicht zu ihrer Stickrunde erschienen bin? Mit Verlaub, aber so viel Stumpfsinn auf engem Raum ertrage ich nicht.«

»Du kannst froh sein, dass Dottie da war«, meint Fidelis.

»Dank ihr ist dein Fehlen nicht ins Gewicht gefallen. Die Damen waren ganz verzückt von ihr, hat Mutter berichtet.«

»Na, dann ist doch alles bestens.« Ich vertiefe mich wieder in mein Buch.

Aber Fidelis lässt nicht locker. »Frieda, du tust dir keinen Gefallen mit deinem Betragen. Warum kannst du dich nicht ein, zwei Stunden am Riemen reißen? Das wird doch nicht so schwer sein!«

Ich sehe Fidelis scharf an. »Ich dachte, du wärest auf meiner Seite!«

Das sei er auch, beteuert Fidelis, aber dann kommt er mir mit allerhand Gewäsch über Anstand, Manieren, gerechtfertigte Erwartungen und mangelnde Ehrerbietung, das ebenso aus dem Mund meiner Eltern hätte stammen können.

»Du glaubst wohl, nur weil Vater auf Reisen ist, musst du jetzt das Familienoberhaupt markieren?«, kanzle ich ihn ab.

»Vater hat mir die Verantwortung für Haus und Hof übertragen.«

»Redest du dir allen Ernstes ein, dass er dies einem Jüngling zutraut, der unentwegt mit dem Florett herumstochert oder den Bauernmädchen nachstellt? Mach dich doch nicht lächerlich!«

Das hat gesessen. Fidelis sagt kein Wort mehr, kehrt auf dem Absatz um und verlässt das Zimmer. So erbost habe ich meinen Bruder selten gesehen. Sei's drum. Er ist längst mit dem Kopf auf seiner großen Reise, in Verona oder Florenz. Von ihm habe ich nichts mehr zu erwarten.

Lasst mich einfach in Frieden, denke ich, und nehme mir wieder das Buch vor. Aber es ist wie verhext – die Buchstaben auf der Seite scheinen keine Worte zu ergeben oder die Worte keinen

Sinn. Der schale Geschmack meines irrwitzigen Mäusetraums liegt mir erneut auf der Zunge. Für einen Moment schließe ich die Augen und versuche, mich zu sammeln.

Als ich wieder aufschaue, steht Mutter in der Tür.

»Ich dachte wirklich, wir hätten eine Übereinkunft getroffen. Aber da habe ich mich offensichtlich geirrt«, erklärt sie, kalt und ohne die Stimme zu erheben. »Reitverbot bis zum Ball. Danach sprechen wir weiter.«

34.
DOTTIE

Frieda ist weder in ihrem Zimmer noch in der Bibliothek und auch nicht am Weiher.

»Wo warst du denn die ganze Zeit?«, rufe ich, als ich sie endlich finde, im Stall bei ihrem Pony. »Du hast mich einfach hängen lassen!«

Frieda krault unbeeindruckt Kentuckys Hals. »Soweit ich gehört habe, hast du dich vortrefflich geschlagen – genau wie ich es vorhergesagt hatte.«

»Du hättest mir wenigstens Bescheid geben können, dass du nicht kommst.«

»Und was hätte das geändert?«

Darauf fällt mir keine gute Antwort ein. »Ich habe deiner Mutter doch versprochen, dass ich mit gutem Beispiel vorangehe …«

»Bist du ja«, meint Frieda lapidar. »Aber sie kann nicht erwarten, dass ich jedem noch so prächtigen Beispiel auch Folge leiste.«

»Oh, Frieda«, seufze ich. »Und was hast du jetzt davon, außer einem Haufen Ärger?«

»Reitverbot«, meint sie schnippisch, als ob es ihr nichts ausmacht.

Aber ich weiß, dass sie nur so tut. Ob es das wert war, frage ich sie jetzt lieber nicht.

Kentucky scharrt mit den Hufen. Ihn zieht es nach draußen. Doch Frieda drückt ihm nur einen kräftigen Kuss auf die Blesse, schließt seine Box und schiebt den Riegel vor. Damit erklärt sie auch unser Gespräch an dieser Stelle für beendet. Augenscheinlich bester Dinge schlendert sie zur Stalltür.

»Bei der Voglsbäuerin sind die Zwetschgen reif«, ruft sie mir über die Schulter zu. »Wenn du mitkommen willst, solltest du dich noch umziehen.«

Ich bin mir nicht sicher, was ich davon halten soll, aber ich laufe ihr hinterher. Was soll ich auch sonst tun?

35. FRIEDA

Die Bäume hängen schwer und voll. Violett leuchtet es zwischen den Blättern. Ich helfe Dottie zu mir nach oben in eine breite Astgabel, von der aus wir die üppigsten oberen Zweige erreichen können. Die Zwetschgen schmecken vorzüglich, saftig und süß.

»Dürfen wir die einfach so nehmen?«, fragt Dottie. Selbst wenn sie mitten im Nirgendwo auf einer menschenleeren Obstwiese in einem Baum sitzt, will sie noch alles richtig machen.

Ich zucke die Schultern. »Sind doch genug da.«

Zögerlich pflückt Dottie sich eine. Aber sobald sie die erste reife Frucht probiert hat, kennt sie kein Halten mehr »Mhmm! Solche Zwetschgen gibt's bei uns im Supermarkt gar nicht zu kaufen. Dabei sind die viel besser als Äpfel aus Chile.«

»Ich dachte, im Supermarkt könne man alles erstehen?«

»Vieles, aber eben nicht alles.«

An den Baumstamm gelehnt lassen wir die Beine baumeln, hängen unseren Gedanken nach und essen eine Zwetschge nach der anderen, ungeachtet dessen, dass uns alsbald die Mägen schmerzen werden.

Dotties Grübeleien drehen sich um unser Pult. »Du hast doch

gesagt, dass das, was ich ins Heft geschrieben habe, den Zugang zu deiner Zeit geöffnet hat …«

Ich nicke. Immer noch haben wir keinerlei Nachricht oder auch nur ein Zeichen aus der Zukunft erhalten, und ich spüre, dass sie dies langsam beunruhigt.

»Vielleicht hat er sich ja wieder verschlossen? Vielleicht müssen wir etwas Bestimmtes schreiben, damit er sich noch mal öffnet?«

»Aber was?«

Darauf wissen wir beide keine Antwort.

Ich spucke einen Kern ins Gras. »Hast du dich mal gefragt, wie es wäre, wenn ich in deiner Zeit lebte?«

Dotties Mundwinkel zucken verschmitzt bei dem Gedanken. »Du könntest mit mir zur Schule gehen. Papa fände es jedenfalls großartig, dass du dich für Physik interessierst. Und ich glaube, du und Philippa, ihr würdet euch super verstehen. Sie will mal Flugzeugpilotin werden.«

»Wirklich? Ist das denn möglich?«

»Klar.«

»Du meinst, jeder, der das möchte, kann Flugzeuge fliegen?«

Die Vorstellung, dass ein ganz normales Mädchen diesen abenteuerlichen Beruf ergreift, scheint mir ungeheuerlich.

»Im Prinzip schon. Man muss halt einen ordentlichen Schulabschluss haben und einigermaßen sportlich sein.«

»Es macht keinerlei Unterschied, dass sie ein Mädchen ist?«

»Na ja … Ganz so einfach ist es nicht«, erklärt Dottie. »Natürlich können Mädchen bei uns studieren und arbeiten gehen und selber entscheiden, was sie werden wollen. Auf dem Papier sind wir gleichberechtigt – also zumindest in den meisten Ländern. Aber in Wirklichkeit sieht das halt immer noch anders aus. Das fängt schon im Kindergarten an: Jungs spielen mit Autos, Mädchen mit Puppen. Jungs sind gut in Mathe, Mädchen in Sprachen. So denken immer noch ganz viele Leute. Männer machen Politik und führen Unternehmen. Frauen werden eher Lehrerinnen oder Krankenpflegerinnen und kümmern sich um die Kinder. Philippa muss sich also immer ein Stück mehr beweisen als ein Junge, der sich auf dieselbe Ausbildungsstelle oder denselben Job bewirbt. Und wahrscheinlich bekommt sie am Ende auch noch weniger Geld dafür.«

Das mag ja alles so sein, denke ich. Trotzdem hört es sich für mich fast undankbar an, wie Dottie redet. Ich glaube, sie weiß gar nicht, wie gut sie und all ihre Freundinnen in der Zukunft es wirklich haben.

Eine gellende Stimme reißt uns aus unserer frühabendlichen Ruhe. »Was zur Hölle treibt ihr auf meinem Land?«

Es ist die Voglsbäuerin, die jetzt vom Feldrand auf uns zukommt. Eine grobschlächtige Frau, aber erstaunlich flink für ihre Größe. Schnell schlucke ich den letzten Bissen Zwetschge herunter.

Dottie sieht mich mit vom Schreck geweiteten Augen an. »Aber du hast doch gesagt …«

»Lauf!«, rufe ich ihr zu und springe vom Baum. Das hohe Gras fängt meinen Fall ab. Eilig helfe ich auch Dottie auf die Füße, wir raffen unsere Leinenröcke hoch, und dann rennen wir, als sei der Teufel leibhaftig hinter uns her.

»Wenn ich euch erwisch!«, schreit die Bäuerin, ihre Fäuste drohend geballt. »Des gibt Dresche!«

»Ich hab noch nie etwas geklaut«, japst Dottie.

Das glaube ich ihr gerne, aber es hilft uns nun auch nicht weiter. Wir rennen und rennen, quer über die Felder, ohne uns umzublicken. Mir sticht es schon in die Seiten, und die Lunge schmerzt, aber wir laufen ohne Unterlass, bis wir ein kleines Gehölz erreichen. Die Bäuerin ist nicht mehr zu hören. Keuchend lasse ich mich auf den Nadelboden fallen. Und wie ich so daliege, muss ich auf einmal lachen. Es gluckst und prustet nur so aus mir heraus. Ich kann gar nicht mehr aufhören.

Dottie steht neben mir und sieht mich nur verständnislos an, die Stirn in Furchen gelegt. Nach Lachen ist ihr wohl nicht zumute.

36.
DOTTIE

Natürlich ist so ein bisschen Mundraub eigentlich keine große Sache. Natürlich ist alles gut ausgegangen. Trotzdem kann ich das Ganze nicht als lustiges, kleines Abenteuer abhaken, so wie Frieda es tut. Denn was, wenn es anders gelaufen wäre?

Zum Diner der Hofrätin heute werde ich alleine mit der Baronin und Fidelis fahren. Wäre Frieda dabei, könnte sie mir helfen. Mit dreißig Gästen und fünf Gängen wird das eine ganz andere Liga als Hechtsuppe zum Abendessen. Aber sie darf nicht mit, denn sie wurde ja nicht eingeladen.

»Zum Glück.« Sie verdreht die Augen. »Du magst es aufregend finden, mit einem Haufen erlauchter Schnarchnasen stundenlang an einem Tisch zu sitzen. Ich kann mir wenig Langweiligeres vorstellen.«

Solche Sätze hat Frieda in den letzten Tagen oft geäußert. Sie macht grundsätzlich nichts mehr, was ihr irgendwie gegen den Strich geht: Klavierübungen, Abendgebete, Bibelstudien, Stickkreise sowieso. Eine Nadelarbeit, die uns die Dompierre gestern aufgegeben hat, habe ich nachts noch für sie erledigt, auch wenn sie mich nicht darum gebeten hat. Nur damit es nicht wieder Ärger gibt.

Langsam kommt mir die Befürchtung, dass ich an ihrer Schnurzpiepegal-Haltung nicht ganz unschuldig bin. Möglicherweise ist das, was ich vor ein paar Tagen draußen auf dem Feld gesagt habe, bei Frieda falsch angekommen. Ich bin mir sicher, dass ihr Leben nicht langweilig wird, dass sie ihren eigenen Weg geht. Aber damit habe ich ja nicht gemeint, dass sie es darauf anlegen soll, überall anzuecken!

»Natürlich hast du das nicht so gemeint«, erklärt sie mit einem Schulterzucken, als ich sie darauf anspreche. »Aber *ich* meine es. Sollen sie sich doch alle empören und mich zurechtweisen. Es ist mir einerlei.«

Das bringt mich in eine ziemlich knifflige Lage. Denn klar will ich Frieda helfen und bei der Baronin heute Abend für sie ein bisschen gut Wetter machen. Schon allein, damit Frieda wieder zu Kentucky und mit ihm ausreiten darf. Das arme alte Pony sieht kreuzunglücklich aus, wie es so alleine im Stall steht. Aber was soll ich denn sagen, wenn Frieda überhaupt nicht kompromissbereit ist? Ich habe ihrer Mutter versprochen, dass ich mit gutem Beispiel vorangehe. Doch das interessiert Frieda leider nicht die Bohne.

Dazu kommt noch, dass ich wirklich ein bisschen Panik habe wegen Johann. Immer wenn wir uns über den Weg laufen, guckt er mich so an, als ob er irgendwas weiß oder zumindest eine Ahnung hat, dass ich nicht die bin, die ich vorgebe zu sein. Ich mag mir gar nicht ausmalen, was passiert, wenn der ganze Engländerinnen-Schwindel auffliegt.

Bo hat sich immer noch nicht gemeldet. Das Schreibheft liegt seit elf Tagen unter dem Pultdeckel und hat sich keinen Zentimeter bewegt.

Wenn ich auf dem Schloss bleiben will, dann darf ich kein Risiko eingehen. Und selbst Zwetschgenklauen ist nun mal ein Risiko!

»Zerbrich dir mal nicht deinen schönen Kopf«, wehrt Frieda ab. »Du machst dir heute einen vorzüglichen Abend. Bei deinem Glück sind vielleicht sogar ein paar halbwegs geistreiche Schnarchnasen dabei.«

In ihrer Stimme schwingt so ein Unterton mit, der schwer einzuordnen ist. Aber bevor ich fragen kann, wie sie das meint, klopft es an meiner Tür. Die Baronin möchte meine Kleiderwahl für den Abend besprechen.

Ohne ein Wort mit ihrer Mutter zu wechseln, zieht sich Frieda schnell zurück.

»Ach herrje!«, ruft die Baronin, als sie sieht, dass ich tatsächlich nur zwei Kleider dabeihabe. »Darin kannst du aber unmöglich bei einem Hofrat vorsprechen. Hat dir deine Zofe kein feineres Abendkleid eingepackt?«

Selbst wenn ich eine Zofe hätte, wäre die wohl nicht auf den Gedanken gekommen, dass ich beim Feriencamp ein Abendkleid brauchen könnte. Und meine Dads sind eher Befürworter praktischer Fleecejacken. Aber das kann ich der Baronin natürlich nicht erklären. Also ziehe ich nur betreten die Schultern hoch.

»Dann bleibt uns wohl nichts anderes übrig …«, meint sie und weist mich an, hier zu warten. »Ich glaube, ich habe genau das Richtige.«

Kurz darauf kehrt sie mit einem langen Kleid über dem Arm zurück ins Gästezimmer. Als sie es mir zeigt, halte ich unwillkürlich die Luft an. Der traumhafte blassrosafarbene Musselin fällt weich und luftig, Ärmel und Saum sind mit Spitzenborten verziert und am Ausschnitt stecken Seidenblumen. Dieses Kleid ist wunderschön.

37. FRIEDA

Natürlich sieht Dottie in meinem Kleid entzückend aus. Sie trägt es sehr viel besser, als ich es je tragen könnte. Das Zimmermädchen hat in Windeseile den Saum ein gutes Stück ausgelassen, sonst wäre es zu kurz gewesen, und an der Brust wurde es enger geschnürt. Der wesentliche Unterschied aber ist, dass Dottie dieses Kleid liebt – das spürt ein jeder –, während ich den rosa Musselin-Berg nie leiden konnte.

Ihre langen Haare hat sie zu einem einfachen Kranz hochgesteckt. Keine dieser absurd aufgetürmten Wellen und Schleifen, die meine Mutter auf ihrem Kopf balanciert. Außer einem Paar Ohrringen trägt Dottie keinen Schmuck. So schreitet sie die Treppe herunter. Und ich weiß nicht, was es ist (schließlich möchte ich nichts weniger, als an ihrer Stelle zu diesem stumpfsinnigen Abendessen zu gehen!), aber für einen Moment fühle ich ein leises Stechen, als hätte ich einen Brennnesselstrauch gestreift.

Fidelis, geschniegelt und im Frack, bekomplimentiert Dottie und reicht ihr galant die Hand. Ja, das kann er, der Kavalier. Sie lächelt. Aber einbilden braucht sie sich nichts darauf, denn genauso schaut er jedes andere Fräulein auch an.

»Die Kutsche steht bereit«, informiert Fidelis die Damen.

»Einen Moment noch«, bremst meine Mutter und tupft Dottie ein wenig von ihrem teuren Rosenparfüm hinter die Ohren. Mir hat sie es noch nie angeboten. Nicht dass ich sie jemals darum gebeten hätte. Aber gleichwohl, da sind sie wieder, die Brennnesseln.

Dann schließt sich das Tor hinter den dreien, der Kutscher lässt die Peitsche schnalzen und die Räder auf dem Kies rollen an. Ich hole tief Luft. Endlich!

Bevor mich einer der Dienstboten sehen kann, verschwinde ich durch die Gartentür. Nur raus hier, denke ich, raus aus diesem muffigen Gemäuer. Vor dem späten Abend werden sie nicht zurück sein. Ein ganzer prächtiger Sommerabend liegt vor mir und ich muss jede Minute ausschöpfen.

Kentuckys Hufe fegen über den weichen Waldboden. Wir reiten schon eine gute Stunde, aber er läuft und läuft, schnaubt dabei unbändig, wie ich es von meinem alten Kerl gar nicht mehr kenne. Offensichtlich hat er unsere Ausritte genauso vermisst wie ich. Für einen Moment schließe ich die Augen. Der Geruch warmer Fichtennadeln weht mir in die Nase und der Wind rauscht in meinen Ohren. Wenn es nach mir ginge, bräuchten wir nie mehr umzukehren.

Wir nähern uns der Forststraße, da verlangsamt Kentucky auf einmal seinen Schritt und spitzt die Ohren. Tatsächlich, aus der Ferne rollt eine Kutsche auf uns zu: ein feiner Landauer, vor den zwei große Füchse gespannt sind, die ich hier noch nie gesehen habe. Schon hat der Kutscher mich erspäht und winkt. Ich straffe die Zügel, Kentucky bleibt am Wegrand stehen, und wir warten, bis der Landauer uns erreicht hat.

Das Kutschenfenster öffnet sich. Ein Herr mittleren Alters steckt den Kopf heraus: »Fräulein, wollen Sie die Güte haben, uns den Weg zu weisen? Wir sind leider der Gegend nicht kundig.« Er spricht gut Deutsch, aber sein Zungenschlag ist unverkennbar englisch gefärbt.

»Wo soll es denn hingehen?«, frage ich.

»Zum Schloss Frankenhofen«, erklärt der Engländer. »Ich habe Verwandtschaft dort.«

Da erkenne ich mit einem Mal das Wappen auf der Tür des Landauers und bin wie vom Schlage getroffen: Der gleiche blaue Falke prangt manchmal auf Briefen an meine Mutter. Briefen von ihrer Tante, Lady Brunston-Brewster. In dieser Kutsche sitzt also niemand anderes als Dotties Vater … wenn Dottie denn eine echte englische Cousine wäre!

38.
DOTTIE

Ich kann immer noch nicht glauben, dass ich wirklich hier sitze, an der meterlangen Tafel, auf dem mit schwerem Brokat bezogenen Polsterstuhl. Die Kerzenleuchter, die glänzenden Schalen, Platten und Etageren – alles wirkt wie ein Gemälde, nur besser, denn es ist echt. Das Silberbesteck liegt schwer in meiner Hand, und überall duftet es unglaublich lecker: frisch gebackenes Brot, fein verzierte Terrinen, das riesige Blumengesteck und der Fasanenbraten in der Mitte des Tisches.

Wenn ich nur Opas Kamera dabeihätte und Fotos machen könnte, schießt es mir durch den Kopf. Das geht natürlich nicht. Stattdessen versuche ich, mir alles genau einzuprägen, jedes kleine Detail festzuhalten: die mit dem Familienwappen bestickten Servietten, die Zuckerrosen auf den Dessertschalen. Kein normaler Mensch im 21. Jahrhundert hätte überhaupt Zeit für so was! Die Bediensteten in ihren Uniformen, die einen Gang nach dem nächsten reichen. Und natürlich die tollen Kleider, die aufwendigen Frisuren (eine Dame trägt drei riesige Straußenfedern im Haar!), der wunderschöne Schmuck. Ich muss wirklich aufpassen, dass ich niemanden zu lange anstarre und darüber das Essen oder das Reden vergesse.

Der Hofrat ist zum Glück ein richtiger Alleinunterhalter, der sich mir zuliebe selbstironisch über sein schlechtes Englisch lustig macht.

»It is not the yellow from the egg«, witzelt er, und alle Umsitzenden lachen herzlich.

Auch die anderen Gäste interessieren sich für England und meine Familie und sind unglaublich nett und freundlich zu mir.

Fidelis sitzt links neben mir, was ihn ganz offiziell zu meinem Tischherrn macht. Man merkt, dass er nicht zum ersten Mal bei so einem Diner dabei ist. Wenn ich vom Tisch aufstehe, steht er ebenfalls auf und rückt meinen Stuhl nach hinten. Aufmerksam schenkt er mir nach, sobald mein Wasserglas leer ist, und wenn das Gespräch mal einzuschlafen droht, findet er sofort wieder ein neues Konversationsthema, das auf jeden Fall interessanter ist als das englische Wetter und die Straßenverhältnisse. Man kann sich wirklich gut mit ihm unterhalten.

»Herrje! Ich fürchte, wir wechseln gerade mehr Worte als in der gesamten Zeit, die du bereits bei uns auf Schloss Frankenhofen verweilst«, kommentiert Fidelis schließlich. »Und das ist ausschließlich meine Schuld!«

»Du bist eben viel unterwegs«, wiegle ich ab. Aber wahrscheinlich hat er recht: Unter der Woche bleibt Fidelis häufig über Nacht bei Bekannten in der Stadt, um sich den langen Weg zu sparen. Am Wochenende hat er noch Fechtunterricht oder er trifft sich mit Freunden. Meistens sehe ich ihn nur beim Abendessen, wenn überhaupt.

»Mag sein, Comtesse, aber meine Unaufmerksamkeit ist damit kaum zu entschuldigen!«

Er spricht mich immer noch manchmal mit meinem (angeblichen) Adelstitel an, auch wenn wir uns jetzt schon etwas besser kennen, aber das finde ich gar nicht mehr komisch. Im Gegenteil, es fühlt sich sehr höflich und richtig erwachsen an.

»Dann sollten wir uns einfach bemühen, in Zukunft mehr Worte zu wechseln«, schlage ich vor und komme mir dabei ganz mutig vor.

Er lächelt verschmitzt und hebt sein Glas. »Mit Vergnügen, Comtesse.«

39. FRIEDA

Lord Brunston-Brewster mustert mich konsterniert, weil ich auf meinem Pony sitze wie ein stummer Fisch und ihn anstarre wie den Leibhaftigen. Aber in meinem Kopf tobt ein Wirbelsturm: Was zum Teufel soll ich ihm sagen? Wie kann ich verhindern, dass er zu uns ins Schloss kommt, wo seine Tochter zu Gast ist, die überhaupt nicht seine Tochter ist? Kann ich mich für dumm verkaufen und so tun, als wüsste ich nicht, wo Frankenhofen liegt? Aber dann würde er vermutlich einfach den nächsten Bauern befragen. Soll ich ihn in die Irre schicken? Das mag für den Augenblick genügen. Aber was, wenn ihm ein anderer doch den richtigen Weg weist?

»Pocken!«, stoße ich hervor. Woher mir dieser Geistesblitz auf einmal kam, das weiß ich nicht. Vielleicht weil wir erst neulich im Unterricht über den bedauernswerten Schotten gesprochen hatten.

Lord Brunston-Brewster sieht mich nun noch eine Spur irritierter an. »Wie meinen?«

»Auf Schloss Frankenhofen grassieren die Pocken«, erkläre ich atemlos. »Die halbe Dienerschaft hat es schon dahingerafft. Im Dorf geht es auch um. Der Doktor hat verfügt, dass sich die

Herrschaften in ihren Gemächern einschließen, um eine Ansteckung zu verhüten. Niemand bekommt mehr Einlass.«

Der Lord wird ganz blass um die Nase: »Heavens! Das ist ja fürchterlich!«

»In der Tat. Machen Sie besser hier kehrt und nehmen Sie die Straße nach Würzburg«, rate ich ihm eilig. »Dort gibt es ein paar vorzügliche Gasthöfe, wo Sie sich über Nacht einquartieren können.«

Das lässt sich der Lord nicht zweimal sagen. »Ich danke Ihnen vielmals. Nigel? We're turning around!«, ruft er seinem Kutscher zu, der prompt den Landauer wendet.

»Ich darf mich empfehlen«, verabschiedet sich Lord Brunston-Brewster knapp, bevor er geschwind das Fenster schließt, als würden die Pocken sonst augenblicklich über ihn herfallen.

Der Kutscher treibt mit einem Schnalzen die Füchse an, der Landauer fährt von dannen. Ich glaube, ich war noch nie so höllisch froh, zwei Pferde von hinten zu sehen.

Doch dieses Hochgefühl bleibt mir nur kurz vergönnt.

»Dafür dass bei uns angeblich die Pocken grassieren, wirkst du aber recht frisch«, kommentiert Johann, als er mit der Zeichenmappe unter dem Arm aus dem Holundergebüsch tritt.

Mir sackt das Herz tief in die Magengrube. Wie kann es sein, dass dieser verfluchte Kerl immer genau da herumklecksen muss, wo man ihn am allerwenigsten gebrauchen kann? Schlimmer noch: Diesmal hat er mit Sicherheit jedes Wort mit angehört.

»Möchtest du mir den Grund nennen, warum du unserem hohen Besuch solche Märchen auftischst, oder soll ich raten?«

Ich zermartere mein Hirn nach glaubwürdigen Ausflüchten, aber mir will partout nichts einfallen.

Mein Bruder ist nicht dumm, und so wundert es mich keineswegs, dass er die richtigen Schlüsse zieht. »Comtesse Dorothea würde sich doch sicherlich freuen, ihren Vater zu sehen. Wusste sie denn gar nicht, dass er auf der Durchreise ist? Das erscheint mir doch eigenartig. Oder … ist dieser Mann vielleicht gar nicht Dotties Vater?«

»Unsinn!«, halte ich dagegen, wenn auch nicht sehr überzeugend. Kalter Schweiß steht mir auf dem Rücken. Kentucky spürt meine Unruhe und stampft angespannt mit den Vorderhufen.

»Dann lass es mich anders umschreiben: Kann es sein, dass unsere englische Cousine nicht die ist, für die sie sich ausgibt?«

Johann hat ins Schwarze getroffen, und es gelingt mir nicht, das zu verbergen. Unter seinem bohrenden Blick knicke ich ein. »Wir sind nicht verwandt«, gebe ich zu. »Aber unterstehe dich, das irgendjemandem zu verraten!«

Johann ignoriert meine leere Drohung. »Ist sie überhaupt Engländerin?«

»Nein.«

»Woher kommt sie?«

»Das werde ich dir nicht sagen.«

Er soll mich in Frieden lassen. Ich habe ohnehin schon viel zu viel preisgegeben. Mit zusammengebissenen Zähnen drücke ich Kentucky die Schenkel in die Seiten, sodass er erschrocken aus dem Stand angaloppiert.

»Wenn sie keine Cousine und keine englische Comtesse ist, wer ist sie dann?«, ruft Johann mir nach.

»Frag sie doch selber!« Statt einer Antwort hinterlassen wir nur eine Wolke aus Straßenstaub.

Den ganzen Nachhauseweg hämmern seine Worte weiter in

meinem Kopf: Ja, wer ist Dottie dann? Wer ist dieses Mädchen, das sich in meine Welt gestohlen hat? Dieses formidable Wesen, das parliert und stickt und alle bezaubert? Niemand, der Zwetschgen klaut, der sich auflehnt, der die Dinge infrage stellt. Keine Schwester oder gar eine Seelenverwandte, wie ich zu Anfang dachte. Eine Vertraute, eine Freundin? Vielleicht nicht einmal das.

40. DOTTIE

»Dann wollen wir zum geselligen Teil des Abends übergehen«, verkündet der Hofrat, als alle Dessertteller abgetragen sind. »Wer von den erlauchten Herrschaften wäre denn geneigt, uns mit einer kleinen musikalischen Darbietung zu erfreuen?«

»Dorothea spielt hervorragend Violine«, meldet sich die Baronin. Ich verschlucke mich an meinem Wasser und muss erst mal fürchterlich husten. Ja, ich kann Geige spielen, aber unter »hervorragend« verstehe ich etwas anderes. Noch bevor ich dazu komme zu protestieren, wird schon ein Geigenkasten rangeschafft, und die Hofrätin zaubert einen dicken Stapel Notenhefte hervor.

»Es wäre uns eine Ehre, Comtesse«, beteuert sie.

Mir ist klar, dass ich aus dieser Nummer nicht mehr herauskomme. Vor Publikum zu spielen, finde ich normalerweise nicht weiter schlimm, aber irgendwie ist das hier doch etwas anderes, als mit dem Schulorchester in einer Turnhalle voller stolzer Eltern aufzutreten.

»Ich könnte Dorothea begleiten«, bietet Fidelis an. Er hat wohl meinen leicht panischen Blick gesehen.

Zusammen blättern wir den Stapel Noten durch und entscheiden uns für eine Vivaldi-Sonate, die ich erst vor drei Wochen fürs Sommerkonzert geübt habe. Drei Wochen, die ewig her zu sein scheinen.

Fidelis kennt das Stück längst nicht so gut wie ich, aber das stört ihn nicht. Während ich den Bogen spanne und die Saiten stimme, rückt er sich den Pianostuhl zurecht. Er überfliegt die Klavierstimme, seine Finger tanzen kurz über die Tasten, ohne sie zu berühren. Dann nickt er mir zu. »Bereit?«

»Bereit«, sage ich und setze den Bogen an.

Fidelis gibt den Einsatz und wir beginnen mit dem Andante. Dass er Klavier spielen kann, das wusste ich, aber dass er so gut spielt … Er lässt mich das Tempo vorgeben, hält sich im Hintergrund und ist beim Musizieren ein mindestens genauso aufmerksamer Zuhörer wie vorhin, als wir uns bei Tisch unterhalten haben. Nick aus der Neunten könnte das nicht, so viel ist sicher.

Für einen kurzen Moment denke ich an Frieda und frage mich, was sie wohl sagen würde, wenn sie mich jetzt sehen könnte. Wie ich sie kenne, hätte sie bestimmt einen ihrer typischen sarkastischen Kommentare auf Lager. Aber ein bisschen stolz auf mich wäre sie hoffentlich schon auch. Ich stelle mir vor, dass sie sich gerade auf dem Weiher treiben lässt und ihren sturmfreien Abend genießt, indem sie auf jedes Zeremoniell pfeift und Schlammschnecken zählt oder so was.

Der letzte Satz ist ein Presto. Das Tempo zieht an, Fidelis greift in die Tasten, und ich merke, dass ihm dieser Teil genauso Spaß macht wie mir. Über den Notenständer hinweg verhaken sich unsere Blicke. Er lächelt, ich lächle zurück, und auf einmal brauche ich nicht mehr im Kopf mitzuzählen oder mich auf die

Noten zu konzentrieren. Meine Finger finden von selber ihren Takt, der Bogen fliegt über die Saiten. Zusammen steigern wir das finale Crescendo bis zum Schlussakkord.

Und das ist der Moment, in dem sich zum ersten Mal einfach alles richtig anfühlt. Die Gäste applaudieren. Fidelis steht vom Klavier auf und nimmt meine Hand. Wir verbeugen uns. Meine Haut kribbelt, mein Herz klopft, wie um mich zu erinnern, dass all das echt ist. So muss sich das anfühlen, denke ich, so verrückt und lebendig. So muss sich das anfühlen, wenn man genau da angekommen ist, wo man hingehört.

41. FRIEDA

Ich habe nichts in der Hand, womit ich Johann zwingen könnte, Stillschweigen zu bewahren. Er weiß, dass Dottie nicht die ist, für die sie alle halten, und mit diesem Wissen kann er jederzeit zu meiner Mutter gehen, zur Gendarmerie, zu wem auch immer. Zum Teufel soll er gehen – das wäre mir das Allerliebste!

Was noch in meiner Macht stand, um Dotties Geheimnis zu schützen, das habe ich getan: Selbst wenn Johann im ganzen Schloss danach sucht, wird er keine Hinweise finden, wie und woher Dottie zu uns gekommen ist. Ich habe all ihre Habseligkeiten aus meiner Aussteuertruhe in einen Sack gepackt, noch bevor er aus dem Wald zurückkehren konnte. (Welch Glück, dass er wie ein lausiger Habenichts stets zu Fuß geht!) Auch Dotties Briefmappe mit ihren Notizen und das Buch der Autorin Jane Austen, das ich gerne noch einmal lesen wollte, musste ich wegschaffen. Während sich das falsche englische Fräulein im Haus der Hofrätin sicherlich trefflich vergnügt, verstecke ich den Sack in einer Wurzelhöhle tief im Wald, nahe der alten Mühle und eine gute Meile vom Schloss entfernt. Hier wird ihn niemand finden. Den Zugang tarne ich zur Sicherheit noch mit Reisig und altem Laub.

Das verräterischste Indiz, Dotties grünes Schreibheft, trage ich in mein Mieder gesteckt die ganze Zeit bei mir – auch noch, als Kentucky und ich uns endlich auf den Rückweg machen. Nachher wenn das Dienstmädchen die Leuchter angezündet hat, muss ich es verbrennen. Ohne irgendwelche Beweise sollten Johanns Anschuldigungen im besten Fall wie die wunderlichen Fantastereien klingen, für die er als kleiner Junge oft belächelt wurde. Im schlechtesten Fall wird man ihm trotzdem glauben. Dann kann ich Dottie auch nicht mehr helfen.

42.
Dottie

Das wunderbare Kribbeln hält auch noch an, als wir schon längst wieder in der Kutsche sitzen, auf dem Rückweg nach Schloss Frankenhofen. Es ist spät. Der Wagen ruckelt in einem einschläfernden Rhythmus über die ungeteerten Wege. Durch das Fenster kann ich kaum etwas sehen, außer den dunklen Umriss von Fidelis, der auf seinem Pferd neben uns herreitet. Ob ich diesen Abend auch so hätte genießen können, wenn Frieda dabei gewesen wäre, schießt es mir durch den Kopf. Wenn ich ehrlich bin, war es wohl besser, dass sie zu Hause bleiben musste. Ich hätte mir wahrscheinlich die ganze Zeit Gedanken gemacht, ob sie wieder irgendwas Unhöfliches tut und wie ich verhindern kann, dass sie ihre Mutter verärgert.

Heute Abend ist es deutlich kühler als in den vergangenen Tagen. Das Wetter schlägt um.

Die Baronin breitet eine leichte Decke über ihre und meine Knie aus.

»Es ist lange her, dass ich mich so gut amüsiert habe«, resümiert sie.

»Danke, dass ich mitkommen durfte«, sage ich.

Im Halbdunkel kann ich ihr Gesicht kaum sehen, aber ich

spüre, dass sie mich nachdenklich anguckt. »Du wirst es weit bringen, Dottie. Glaube mir.«

»Sie schmeicheln mir zu sehr«, wehre ich bescheiden ab, so wie ich es von anderen Damen gehört habe, wenn man ihnen ein Kompliment macht.

Doch die Baronin lässt das nicht gelten. »Liebes, ich weiß, wovon ich spreche. Ich hatte nicht das Glück, einem wohlhabenden Elternhaus zu entstammen. Einem guten Haus, das ja, aber eben keinem vermögenden. Vielleicht wäre mir vieles leichtergefallen, wenn ich deinen Charme gehabt hätte.«

Sie seufzt leise, und mir fällt auf, dass ich überhaupt keine Ahnung habe, wie und wo die Baronin aufgewachsen ist. Über die Großtante, die nach England gegangen ist, hat Frieda mir alles erzählt, was sie wusste. Aber über den Rest ihrer Familie haben wir kaum gesprochen.

»Was wäre Ihnen leichtergefallen?«, hake ich nach. Wahrscheinlich ist es unhöflich, die Baronin so etwas Persönliches zu fragen. Aber irgendwas sagt mir, dass das jetzt gerade, wo wir so nebeneinander auf der Kutschenbank sitzen, spätabends und unter vier Augen, schon in Ordnung geht.

»Ein junges Mädchen ohne Vermögen mag dies mit Schönheit, Tugendhaftigkeit und Gewandtheit aufwiegen«, erklärt die Baronin, und ich höre eine Spur Bitterkeit in ihrer Stimme. »Aber ich war nie bescheiden genug in meinem Auftreten. Das hat den jungen Herren und ihren Familien nicht gefallen.«

Ich versuche, mir die Baronin als aufmüpfige Siebzehn- oder Achtzehnjährige vorzustellen, doch das fühlt sich genauso komisch an wie der Gedanke, dass meine Dads mal kleine Jungs waren.

»Den Ernst meiner Lage muss ich wohl verdrängt haben«, gesteht sie ein. »Denn die Ballsaison endete, ohne dass sich ein Heiratskandidat hervorgetan hätte. Meiner Familie konnte ich nicht länger auf der Tasche liegen, und so musste ich zusehen, wie ich mein Brot selbst verdiene.«

Jetzt wird mir wieder richtig bewusst, dass eigentlich alle Frauen, die ich heute Abend getroffen habe, keinen Beruf haben (mal abgesehen von den Dienstmädchen). Die Hofrätin wird »Hofrätin« genannt, weil ihr Mann der Hofrat ist, nicht weil sie irgendjemanden berät. Und die Forstmeisterin setzt bestimmt selber nie einen Fuß in den Wald. Deshalb konnte es Frieda wahrscheinlich auch kaum glauben, als wir über Philippa geredet haben. In meiner Zeit fangen Mädchen mit vierzehn eben an, sich langsam mal Gedanken zu machen, welcher Job uns später Spaß machen würde. Wir können uns auf Ausbildungsplätze bewerben oder weiter zur Schule gehen. Uns stehen so viele Optionen offen, dass es schwierig wird, sich festzulegen. Aber in Friedas Welt gibt es die einfach nicht.

»Der Freiherr von Wax bot mir – wohl aus Mitgefühl für meine arme Mutter – eine Stellung an, als Gouvernante seiner vier Töchter«, fährt die Baronin fort. »Der Lohn war gut bemessen für ein junges Fräulein, das über keinerlei Erfahrung in der Erziehung verfügt. Ich konnte mich nicht beklagen. Doch ein ums andere Mal fehlte es mir an der nötigen Demut, vor allem gegenüber der Herrin des Hauses. Kurzum: Keine fünf Monate später musste ich mir eine neue Stellung suchen.«

Die Baronin schweigt einen Moment und blickt aus dem Kutschenfenster in die Dunkelheit. Ich will sie nicht drängen weiterzuerzählen, weil ich das Gefühl habe, dass es ihr nicht ganz leichtfällt. Vielleicht weil sie schon lange nicht mehr über diese Zeit geredet hat.

Gedankenverloren streicht sie die Decke über ihren Knien glatt, dann strafft sie sich. »Nun ja. Mit dem dürftigen Zeugnis, das mir die Freiin ausgestellt hatte, blieb mir nichts anderes übrig, als das erstbeste Angebot anzunehmen. Meine neue Herrin war geizig. Sie übertrug mir nicht nur die Erziehung ihrer Kinder, sondern auch Aufgaben, die eher einer Zofe gebühren. Ich musste ihr beim Ankleiden helfen und ihre Kleidung ausbessern. Oft arbeitete ich bis spät in die Nacht. In der kleinen Kammer, die man mir zur Verfügung stellte, gefror im Winter das Waschwasser in der Schüssel. Und der Lohn, wenn er denn ausgezahlt wurde, reichte kaum für meine Ausgaben – geschweige denn, um auch nur einen Heller für meine Aussteuer zurückzulegen. Es waren harte, lange Jahre. Hätte die Fügung mir nicht den Baron gesandt, ich wäre wohl heute noch dort.«

»Bitte verzeihen Sie meine Neugier, aber wie haben Sie Ihren Mann kennengelernt?«, frage ich. Das Bild der armen Gouvernante in meinem Kopf passt überhaupt nicht mit der selbstbewussten Frau zusammen, die heute ein ganzes Schloss managt, mit allem, was dazugehört.

»Karl August kam als Sommergast auf das Gut, schon damals voller großer Ideen.« Ich kann hören, dass sie schmunzeln muss beim Gedanken an ihre erste Begegnung. »Das hat mir gefallen. Ihm hat es nicht geschert, dass ich kein Geld in eine Ehe einbringen konnte. Er brauchte eine Frau, die es versteht zu wirtschaften. Jemanden, der sich mit fester Hand um die Pachtverträge und die Dienstboten kümmert und ihm den Rücken freihält.«

»Das konnten Sie«, werfe ich ein.

»Ja«, bestätigt die Baronin. »Ich hatte Glück, Dottie. Großes Glück. Am Ende bekam ich alles, was ich mir erträumt hatte. Einen liebevollen Mann, drei Kinder. Aber auf das Glück darf man sich nicht verlassen. Ich fürchte, ich war damals meiner Tochter ähnlicher, als man heute glauben mag. Und ich möchte nicht, dass sie die gleichen Fehler begeht. Dass sie auf das Glück hoffen muss. Ich will, dass es ihr sicher ist.«

»Ich verstehe«, sage ich. Und das tue ich wirklich. So streng mir die ganzen Regeln erscheinen, an die Frieda sich halten muss, so absurd es ist, dass sie nicht lernen darf, was sie lernen will – jetzt macht es irgendwie Sinn. Die Baronin will einfach nur, dass ihre Tochter einen guten Start ins Leben hat. So wie die meisten Eltern.

43.
FRIEDA

Es ist schon spät, als Kentucky und ich von unserer Mission aus dem Wald zurückkehren. Viel später, als ich anfangs ausbleiben wollte. Doch das ist jetzt auch schon einerlei, denn ich brauche mir keine Hoffnungen zu machen, dass Johann meinen unerlaubten Ausflug Mutter gegenüber unerwähnt lassen wird. Eine Strafe dafür ist mir schon sicher.

Kentucky hat trotz des kühlen Abendwinds geschwitzt. Solch weite Ritte über hartes Terrain ist mein alter Kerl nicht mehr gewohnt. Schnell säubere ich seine Hufe und weise den Stallburschen an, ihn gründlich mit Stroh trocken zu reiben.

Siedend heiß fällt mir ein, dass ich auch unser Schreibpult noch einmal auf verräterische Indizien untersuchen muss. Also eile ich ins Musikzimmer. Doch das Fach unter der Klappe beherbergt lediglich meine Schulsachen, keine Nachricht aus der fernen Zukunft, auch keine Äpfel aus Chile oder derartigen Hokuspokus. Vermutlich hat Dottie recht, dass irgendetwas die rätselhafte Verbindung gekappt haben muss. Aber ich kann mir heute beim besten Willen nicht mehr den Kopf zerbrechen, nach welchen Zauberregeln das vermaledeite Ding funktionieren mag.

Ohne an ein Abendessen zu denken, gehe ich auf mein Zimmer, lasse mich in meiner schmutzigen Kleidung auf das Bett fallen und schließe die Augen. Eine Welle der Erschöpfung rollt über mich. Unter meinem Mieder knistert das Schreibheft. Die Kerze im Leuchter auf meinem Tisch flackert. Sie ist bereit, ihren Dienst zu tun und den Beweis zu vernichten. Ich weiß nicht, ob es an der Müdigkeit liegt, aber zu diesem letzten Schritt kann ich mich heute nicht mehr durchringen.

Gott sei Dank hat dieser unselige Tag bald ein Ende, denke ich noch.

44. DOTTIE

Als wir schließlich in die Stallgasse fahren, hat der Knecht längst Feierabend. Fidelis lässt ihn schlafen und sattelt sein Pferd selber ab, während der Kutscher abspannt.

»Ich kann auch helfen«, biete ich an – vielleicht weil ich nicht will, dass dieser schöne Abend schon zu Ende geht.

»Du wirst doch nicht im Abendkleid Stallarbeit verrichten?« Die Baronin lacht ungläubig, während sie vor dem Aussteigen vorsichtig ihre Röcke zusammenrafft.

»Danke. Wir kommen schon zurecht«, wehrt auch Fidelis ab. Mit geübten Griffen löst er das Zaumzeug. Ich stehe unschlüssig daneben und kann mich nicht losreißen.

Da fällt der Blick der Baronin auf Kentuckys Box – genauer gesagt auf die Sattelunterlage, die an der Stange vor der Tür zum Trocknen hängt. Die Decke ist feucht, durchgeschwitzt. Das ist auch im schummrigen Laternenlicht deutlich zu erkennen. Wir wissen beide, was das heißt: Frieda war reiten.

Warum kann sie sich nicht einfach an die Regeln halten, frage ich mich, und in mir ballt sich ein kratziges Knäuel aus Frust und Enttäuschung zusammen. Sie versucht nicht mal, dem Ärger aus dem Weg zu gehen! Ich verstehe nicht, wie ihr alles nur so komplett egal sein kann. Mir ist es das jedenfalls nicht. Ich fühle mich nicht wohl, wenn die Stimmung im Haus so angespannt ist, dass die Luft zwischen ihr und der Baronin zu brennen scheint, wenn sie sich nur im selben Raum aufhalten.

»Frieda hat dem Stallburschen erlaubt, Kentucky zu reiten«, gebe ich schnell vor. »Damit er ein bisschen bewegt wird, solange sie es nicht tun kann.«

Ich fühle mich mies dabei. Gerade hat die Baronin mir ihre Lebensgeschichte anvertraut und fünf Minuten später lüge ich ihr ins Gesicht. Und spätestens, wenn sie direkt mit dem Stallburschen spricht, wird mir diese Lüge so was von um die Ohren fliegen. Aber was soll ich machen?

»Da hat er es wohl ein wenig übertrieben mit dem alten Kerl«, kritisiert die Baronin. Immerhin, sie glaubt mir.

Fidelis hingegen schaut skeptisch. Wahrscheinlich weiß er, dass das Pony heute eigentlich genug Auslauf auf der Koppel hatte, so wie jeden Tag, und dem Stallburschen für lange Ausritte sowieso die Zeit fehlt. Doch er sagt nichts und konzentriert sich weiter auf seinen Rappen. Lieber ruhig bleiben, ausgleichen und vermitteln, als dass es schon wieder Ärger gibt – in diesem Punkt sind wir uns ähnlich.

Aber wir liegen falsch, das merke ich jetzt, denn der Ärger ist längst da. Heiß und kratzig sitzt das Knäuel in meinem Hals. Wahrscheinlich saß es die ganze Zeit schon dort. Ich habe es nur nicht bemerkt oder nicht bemerken wollen, weil alles andere heute so schön war und so aufregend. Jetzt meldet es sich zurück. Drückend und immer dicker lässt es sich nicht mehr ignorieren. Der Abend geht zu Ende, aber ganz anders, als ich es gehofft hatte.

45.
FRIEDA

Ich bin wohl eingeschlafen. Als es anklopft, schrecke ich hoch. Ohne auf eine Antwort zu warten, platzt Dottie aufgebracht in mein Zimmer.

»So kann's einfach nicht weitergehen«, stößt sie hervor. »Ich hab keine Lust mehr, immer für dich zu lügen!«

»W…was?« Sonst bin ich nie um Worte verlegen, aber in diesem Moment verschlägt es mir die Sprache.

»Gerade musste ich deiner Mutter irgendeinen Mist erzählen, damit nicht rauskommt, dass du heimlich reiten warst. Und so läuft das ständig in letzter Zeit! Jeden Tag bügle ich was aus, damit du keinen Ärger kriegst. Und dann schlage ich mir noch die Nächte mit deinen Nadelarbeiten um die Ohren. Ich hab's echt satt!«

Da steht sie, mitten in der Nacht, in meinem Festkleid und macht mir Vorwürfe.

»Erstens habe ich dich nie darum gebeten, für mich zu lügen«, schieße ich zurück. »Und im Übrigen tue ich ja wohl seit fast zwei Wochen nichts anderes!«

Dottie empört sich. »Das kann man doch überhaupt nicht vergleichen!«

»Ach nein?« Ich versuche zu flüstern, damit uns niemand hört, aber meine Stimme gehorcht mir nicht. »Seit du hier bist, mühe ich mich ab wie eine Irre, damit dir niemand auf die Schliche kommt. Und das ist der Dank dafür?!«

Dottie wird auch lauter. »Darum geht es nicht!«

»Was glaubst du denn, was ich den ganzen Abend getan habe?«, fahre ich sie an.

»Das ist mir ehrlich gesagt ziemlich egal.« Dottie treten Tränen in die Augen. Wuttränen. Die kenne ich gut. »Warum machst du es dir und allen anderen so schwer, Frieda? Was bitte ist so kompliziert daran, sich einfach an die Regeln zu halten? Erklär's mir! Ich versteh's nicht!«

Etwas sticht mich in die Rippen. Es ist das grüne Schreibheft, das immer noch in meinem Mieder steckt. Ich hatte es schon fast vergessen.

»Nein. Du verstehst gar nichts!«, presse ich zwischen zusammengebissenen Zähnen hervor. »Wie auch? Der holden Comtesse ist ja nichts wichtiger, als es allen recht zu machen!«

»Soll ich es etwa darauf anlegen, dass sie mich ins Zuchthaus stecken?« Ihre Stimme bricht. Aber das ist mir in diesem Moment einerlei.

»Spar dir deine Ausflüchte! Als wäre alles so einfach, wenn man sich nur an die vermaledeiten Regeln hält!« Die Worte poltern nur so aus meinem Kopf wie eine Geröllawine. Es fühlt sich fürchterlich an, aber ich kann mir nicht helfen. »Du glaubst, du bist besser als ich. Aber weißt du, was? In Wahrheit bist du einfach eine Schöntuerin und ein feiges Hasenherz obendrein!«

Dottie schaut schweigend zu Boden. Dann schüttelt sie den Kopf. »Ich dachte, wir sind Freundinnen.«

»Das dachte ich auch«, stelle ich bitter fest. »Aber da haben wir uns wohl geirrt.«

Manchmal scheint es mir, als ob sie nur meine Freundin sein wollte, weil ich in das Leben hineingeboren wurde, das sie sich erträumt hat. Nun, da sie schöne Kleider tragen und Diners besuchen kann, bin ich ihr nur noch hinderlich. Ich ziehe das Heft hervor und halte es an den Kerzenleuchter, wie ich es schon die ganze Zeit hätte tun sollen.

Dotties Augen weiten sich. »Nein!«, ruft sie. Aber es ist zu spät. Das Heft hat Feuer gefangen.

Ich werfe es in die Waschschüssel, wo die Flammen das Papier gierig umschlingen. Nur wenige Augenblicke, dann rollen sich die Seiten, bäumen sich auf, die Sätze darauf werden schwarz, bevor sie zu einem Nichts zusammenschrumpfen.

Dottie starrt erst das Feuer, dann mich an, fassungslos. Ohne ein weiteres Wort dreht sie sich um und verlässt meine Kammer.

Das Blut rauscht in meinen Ohren. Jetzt ist alles gesagt.

46. DOTTIE

Seit drei Tagen redet Frieda nicht mehr mit mir. Weder beim Essen noch nach der Messe am Sonntag noch bei den Schulstunden. Sobald der Unterricht im Musikzimmer endet, verschwindet sie und geht mir den ganzen Nachmittag aus dem Weg. Wenn ich versuche, noch mal in Ruhe mit ihr zu sprechen, tut sie einfach, als wäre ich Luft.

Ich hatte gehofft, dass ich heute Nachmittag Fidelis sehe. Einfach nur, um mit jemandem ein paar Worte zu wechseln. Aber er ist mal wieder bei seinen Freunden in der Stadt. Und die Baronin macht im Salon Korrespondenz und darf nicht gestört werden. Ich bleibe alleine in der Bibliothek und grüble viel nach: War es wirklich so falsch, Frieda zu sagen, was ich denke? Müssen echte Freundinnen nicht ehrlich zueinander sein und es auch aushalten können, wenn man mal anderer Meinung ist?

Ich starre auf die Bücherregale und vermisse unsere Ausritte, das Schwimmen im Weiher, die Sommerabende auf der Fensterbank, mit ihr zu quatschen bis spät in die Nacht … Aber in dem Moment, als Frieda das Heft verbrannt hat, ist auch etwas zwischen uns in Flammen aufgegangen. In diesem Heft war unsere ganze Geschichte. Darin habe ich ihr alles anvertraut. Die

Frieda, die mir damals geschrieben hat, in den Wochen vor den Sommerferien (gefühlt vor einer halben Ewigkeit), kommt mir jetzt wie eine völlig andere Person vor – als ob sie nur zufällig genauso hieß wie die Frieda, die mich heute anschweigt. Ein Gedanke bohrt sich schmerzhaft in meinen Kopf: Vielleicht war ich es ja, die Frieda für jemand anderen gehalten hat. Schließlich ist es leicht, sich etwas vorzumachen, wenn man sich nur auf dem Papier kennt. Vielleicht habe ich mir so sehr eine beste Freundin gewünscht, dass ich gar nicht gemerkt habe, wie grundverschieden wir eigentlich sind.

Ein höfliches Räuspern reißt mich aus meinem Gegrübel. »Kann ich dir irgendwie behilflich sein?«, fragt Johann, mit diesem Blick, der sich anfühlt, als könne er in mich hineinschauen.

»Nein, nein danke«, wehre ich ab. Ich zwinge mich zu einem Lächeln, das kaum verbergen kann, wie es in mir aussieht. Schnell greife ich nach einem x-beliebigen Buch im Regal und tue so, als ob ich genau danach gesucht hätte. »Ah, hier ist es ja.« Mit einer Monografie über Jagdhunde unter dem Arm verlasse ich fluchtartig die Bibliothek.

Was ich wirklich suche, wäre wohl jemand, der mir sagen kann, wie es weitergeht. Ich weiß es jedenfalls nicht. Die Ferienfreizeit endet in fünf Tagen. Meine Eltern haben seit über zwei Wochen nichts von mir gehört. Von Frankenhofens erwarten, dass mich der »geschätzte Freund« meiner Familie spätestens nächste Woche wieder abholt und nach England zurückbringt. Aber das wird nicht passieren. Wie soll ich es weiter auf dem Schloss aushalten, wenn Frieda nicht mehr mit mir redet? Wo soll ich sonst hin?

»Come on, let's bake a pie«, würde Dad vorschlagen, wenn er mich jetzt sehen könnte. Backen ist sein Patentrezept gegen Traurigkeit. Und so seltsam das ist, aber wenn ein duftender, heißer Pie aus dem Ofen kommt, schaut die Welt wirklich meistens schon wieder ein Stück besser aus. Doch Bret ist nicht hier, und die Schlossköchin würde mir vermutlich was erzählen, wenn ich in ihr Hoheitsgebiet einfalle. Eine Comtesse backt nicht, so viel ist sicher.

Hey, Bo, schreibe ich im Musikzimmer auf einen Zettel. Wenn du das liest, melde dich bitte. Ich möchte gerne wieder nach Hause. Aber ich weiß nicht, wie.

Den Zettel lege ich unter den Pultdeckel, genau an die Stelle, an der immer das Heft lag. Ich schließe den Deckel und kämpfe gegen das brennende Gefühl an, das mir in die Augen steigt. Hätte ich mich doch nie für diese blöde Ferienfreizeit angemeldet. Dann wäre ich jetzt mit den Dads auf irgendeinem Naturcampingplatz in den Voralpen, so wie jedes Jahr. Bret würde Fred auf den nächsten Gipfel schleppen, ich könnte währenddessen auf der selbstaufblasbaren Matratze liegen, ein Buch nach dem anderen lesen oder ganz gemütlich auf einen Bergsee schauen. Am Abend würde Papa auf dem Gaskocher eine große Dose Chili con Carne aufwärmen, während Dad Marshmallows über dem Lagerfeuer röstet, auch wenn die außer ihm keiner mag. So albern das ist, aber der Gedanke an Brets klebrig-verkohlte Marshmallows macht alles nur noch schlimmer.

»Dottie! Wo bist du nur, mein Kind? Wunderbare Neuigkeiten!«, ruft die Baronin aus dem Flur.

Ich möchte allein sein, mich verkriechen, mein Gesicht unter kaltes Wasser halten und einfach nur tief durchatmen. Doch da taucht sie schon in der Tür des Musikzimmers auf und wedelt begeistert mit einem Brief.

»Der Herzog von Kolbenstein hat geschrieben. Sie laden dich mit ein zum Hyazinthenball!«

»Oh«, antworte ich. Vor vier Tagen wäre ich wahrscheinlich noch ausgeflippt vor Freude. Jetzt bringe ich nicht mal mehr ein verkorkstes Lächeln zustande.

Verwundert sieht mich die Baronin an. Und dann erklärt sich, woher ihr Sohn die Fähigkeit hat, in Menschen hineinzuschauen. »Du hast Heimweh«, sagt sie. Es ist keine Frage, eher eine Feststellung.

Ich nicke. Und das ist der Moment, in dem ich die Tränen nicht mehr zurückhalten kann. Ich heule Rotz und Wasser, weil ich niemanden habe und einfach nicht mehr weiß, was ich machen soll. Die Baronin nimmt mich in den Arm und drückt mich fest.

47. FRIEDA

Ein Kurier bringt das Kleid, das der Schneider mir im Auftrag der Baronin noch schnellstens für den Hyanzinthenball angefertigt hat. Denn natürlich wäre es undenkbar, dass ich bei diesem immanent wichtigen Anlass in demselben Aufputz erscheine, den die rechtschaffene Dottie nun bei der Hofrätin getragen hat. Die feine Gesellschaft würde sich das Maul zerreißen, wie leer das Portemonnaie derer von Frankenhofen wohl sein müsse, und Mutter würde mithin ihres Lebens nicht mehr froh.

Das Behelfskleid aus steifem Taft strahlt in einem so aufdringlichen Sonnengelb, als wolle es den Betrachter mit seiner Fröhlichkeit förmlich anbrüllen. Ich kann mir schon vorstellen, in welch blumigen Worten der Schneider diese zweifelhafte Farbwahl angepriesen hat. Wahrscheinlich war es ein alter Restballen, den er noch irgendwo im Hinterzimmer liegen hatte. Aber das ist nun auch nicht mehr von Belang, denn ich habe keineswegs vor, auch nur einen Fuß in den herzoglichen Ballsaal zu setzen – in welchem Kleid auch immer.

Ich lasse das Paket in der Halle liegen und laufe zum Weiher. Wenigstens schwimmen darf ich noch, wenn schon nicht reiten. Das Wasser fühlt sich heute kühler an als in den letzten Wochen.

Trotzdem bleibe ich so lange darin, bis meine Fingerspitzen blau und schrumpelig sind. Wenn ich auf dem Rücken treibe und die Schwimmkäfer beobachte, kann ich den hässlichen Streit für einen Moment vergessen, der mir seit Tagen wie ein Karussell im Kopf herumgeht.

Tropfend und mit nassen Haaren komme ich schließlich zurück in den Hof. Mich fröstelt und mein Blick bleibt am Fenster des Musikzimmers hängen. Da sehe ich die beiden. Dottie hat den Kopf an Mutters Schulter vergraben. Die streichelt über ihren Rücken und redet ihr beruhigend zu. Wie eingefroren bleibe ich stehen und ein bitterer Geschmack legt sich auf meine Zunge. Früher hat sie mich so im Arm gehalten.

Vielleicht sollte meine Mutter einfach die gute Dottie an Kindes statt annehmen, denke ich dann, und meine Augen brennen. Es wäre wohl das Beste für uns alle. Die Baronin könnte sich an einer Tochter erfreuen, die wallende Kleider liebt und formidable Nadelarbeiten in feinster Perfektion erledigt. Sittsam und von sonnigem Gemüt, höflich und tugendhaft. Dottie wäre glücklich in dem Leben, nach dem sie sich immer gesehnt hat. Der strahlende Mittelpunkt einer endlosen Reihe von Diners und Bällen, Teestunden und Stickkreisen.

Mutter wischt Dottie nun tröstend Tränen aus dem Gesicht und Dottie schnäuzt sich in ihr Spitzentaschentuch. Sie kann meinen Platz hier haben. Den füllt sie ohnehin längst besser aus, als ich es jemals könnte. Ich würde einfach verschwinden, als hätte es mich nie gegeben. Niemand braucht mich hier, niemand würde mich vermissen. Ich würde gehen, ohne mich noch einmal umzusehen.

Im nächsten Moment durchfährt es mich: Nein, nicht ich *würde*! Ich *werde* gehen. Was hält mich hier? Worauf sollte ich denn noch warten? Dass ein Wunder geschieht und sich alle Widrigkeiten in Luft auflösen? Wohl kaum. Nur Dummköpfe glauben an Wunder. Seit Jahren schon rede ich von Amerika, aber wenn ich ausharre, bis die Schiffe fliegen können, bin ich wahrscheinlich längst alt und grau.

Es ist Zeit. Heute Nacht werde ich meine Sachen packen. Und morgen beginnt ein neues Leben.

48. DOTTIE

Es muss früher Morgen sein. Vor dem Fenster höre ich schon Vogelzwitschern, aber es ist noch stockdunkel. Ich kann nicht mehr einschlafen, egal, wie ich das Spitzenkissen unter meinem Kopf auch drehe. Es erinnert mich an Frieda und an meine erste Nacht im Schloss, als sie heimlich in mein Zimmer gekommen ist. Wie wir geredet haben bis ins Morgengrauen, wie sie gelacht hat über meine Ahnungslosigkeit. Ihr glucksendes, ein bisschen zu lautes Lachen, das ich jetzt schon fürchterlich lange nicht mehr gehört habe. Die Stille zwischen uns ist nicht auszuhalten.

Seit vier Tagen gehen ihre Worte mir ständig durch den Kopf: »In Wahrheit bist du einfach eine Schöntuerin und ein feiges Hasenherz obendrein!«

Und je länger ich über ihre Vorwürfe nachdenke, desto klarer wird mir, dass sie recht hat. Das fing schon bei dem Muttertagsblumentopf damals im Kindergarten an. Den habe ich ganz sorgfältig beklebt, genau wie es die Erzieherin gezeigt hat, auch wenn ich eigentlich schon wusste, dass ich meinen Eltern damit keine Freude machen würde. Ich fand den Topf nicht mal selber schön. Aber die Erzieherin hat mich dafür gelobt, und ich weiß noch genau, wie toll sich das angefühlt hat. In der Schule war ich immer eine von den »Guten«. Ich schreibe Philippas Englischaufsätze, obwohl es besser wäre, wenn sie das selber tun würde. Wenn Bret und ich meine amerikanischen Großeltern auf der Farm in Idaho besuchen, begleite ich Grandma brav in die Kirche, was ich zu Hause nie tue. Ich werde traurig, wenn sie über »your Dad's friend« redet, anstatt Papa Brets Ehemann zu nennen, aber ich habe nicht den Mut, sie zu verbessern. Denn ich bin ein »good girl« – gut darin, nett und freundlich zu sein und es allen recht zu machen. Auch über jedes Lob der Dompierre oder der Baronin habe ich mich riesig gefreut. Wie sich Frieda fühlen musste, wenn ich sie im Vergleich schlecht dastehen ließ, darüber habe ich gar nicht nachgedacht.

Ich nehme die Kerze von meinem Nachttisch und schlüpfe im Nachthemd aus dem Bett. Irgendetwas sagt mir, dass Frieda gerade auch wach ist. Vielleicht kenne ich mich mit Freundschaften nicht besonders gut aus, aber eins weiß ich: Wenn man endlich eine beste Freundin gefunden hat, dann lässt man sie nicht einfach so wieder los.

Als ich auf den Flur komme, sehe ich, dass Friedas Tür geöffnet ist. Vielleicht musste sie auf den Abtritt oder holt sich etwas zu trinken.

Da schiebt sich ein Schatten aus dem Zimmer: Johann. Ich zucke unwillkürlich zusammen.

»Sie ist weg«, sagt er.

»Wie weg?«, frage ich und wundere mich, warum auch er noch vor dem Morgengrauen durchs Schloss schleicht.

»Ich bin aufgewacht, weil ich Hufgetrappel auf dem Hof hörte«, erklärt Johann in seiner förmlichen Art, als hätte er meine

Gedanken erraten. »Das schien mir seltsam, zu so früher Stunde. Ich konnte nicht erkennen, wer es war, aber vermutlich meine Schwester.«

Er deutet zu Friedas Schrank, dessen Tür halb offen steht. Ein paar Kleider fehlen.

Beunruhigt stürze ich zum Flurfenster. »Wo will sie hin?«

»Ich dachte, das wüsstest du vielleicht«, gibt Johann zurück.

Auf dem Hof ist alles still. Frieda ist längst in der Dunkelheit verschwunden.

»Warum hast du sie denn nicht aufgehalten?«, werfe ich ihm vor.

Johann guckt mich im Schein der Kerze irritiert an. »Warum hätte ich das tun sollen?«

»Weil … weil ich ihr etwas sagen wollte – etwas Wichtiges!« Nämlich dass ich nichts bereue, was ich in unser Heft geschrieben habe. Dass ich sie brauche. Dass es mir leidtut und ich wünschte, wir könnten noch mal von vorne anfangen. Aber das alles kann ich ja wohl kaum Johann erklären.

Suchend schaue ich mich im Zimmer um. Hat Frieda etwas dagelassen? Einen Brief, irgendeinen Hinweis darauf, was sie vorhat? Ich wühle in ihren Schubladen, unter dem Kopfkissen und im Nachtkästchen, aber ich finde nichts. Ich will schon aufgeben, da wird mir auf einmal klar: Wenn Frieda mir eine Nachricht hinterlassen hat, dann nur an einem Ort …

Ohne einen Gedanken daran zu verschwenden, was Johann sich wohl gerade zusammenreimt, renne ich ins Musikzimmer und öffne den Pultdeckel. Erst sehe ich nur meinen eigenen Brief an Bo, immer noch an derselben Stelle, wo ich ihn gestern hingelegt habe. Aber als ich mit der Kerze tiefer hineinleuchte, entdecke ich einen Zettel. Gut versteckt, ganz hinten im Scharnier klemmt er. Sofort erkenne ich Friedas fliehende Handschrift. Es sind nur wenige, spröde Zeilen:

Dottie,
ich danke dir für den Anstoß, der vonnöten war, damit ich endlich das tue, was ich schon längst hätte tun sollen. Ich glaube nicht, dass du mich hier noch brauchst. Falls dir mein Wohlergehen noch von Bedeutung ist, sei unbesorgt. Ich schlage mich schon durch. Meiner Familie kannst du ausrichten, dass ich ihnen einen Brief vom Mississippi senden werde.
Frieda

PS: Johann weiß, dass du keine Comtesse bist. Ich habe deine Sachen in Sicherheit gebracht. Mehr konnte ich nicht tun. Falls du sie brauchst, frag den Förster nach der Stelle, wo die Steinpilze wachsen, nahe der alten Mühle.

»Shit!«, platzt es aus mir heraus. Ich knülle den Zettel in der Hand zusammen, so fest, als könnte ich damit nur Friedas Worte verschwinden lassen. Aber es hilft nichts. Sie ist wirklich weg.

49.
FRIEDA

Ich werde Geld brauchen, viel Geld. Die Überfahrt nach Amerika ist teuer, und auch wenn ich dort bin, muss ich für meinen Unterhalt aufkommen. Etwas Schmuck habe ich eingepackt. Den kann ich unterwegs verkaufen. Aber das wird nicht reichen.

Als ich an der Wurzelhöhle anlange, zögere ich. Was ich vorhabe, kann man nur als Diebstahl bezeichnen. Ich hoffe, dass Dottie ihn mir nachsehen würde, wenn ich ihr erklären könnte, dass dies meine einzige Möglichkeit ist. Auf dem Schloss wird sie für ihren wunderlichen Musikkasten ohnehin keine Verwendung mehr haben, rede ich mir ein. Kentucky schnaubt leise, als wolle er mir recht geben. Dennoch sitzt das schlechte Gewissen schwer in meinem Nacken, während ich im Halbdunkel nach dem Kästchen und der rosafarbenen Kugel taste.

Mir ist kalt. Der Himmel wird nur langsam heller und der Pfad zwischen den dichten Tannen ist immer noch kaum zu erkennen. Ich schnalle meinen Rucksack wieder zu und sitze auf. Die Ohren gespitzt und die Nüstern aufgebläht setzt Kentucky vorsichtig einen Huf vor den anderen. Immer wieder stößt er gegen Wurzeln oder Steine, aber nichts kann ihn aus der Ruhe bringen. Ich fühle seinen warmen Rücken, höre seinen beständigen Atem und der gemächliche Takt seiner Schritte lässt auch mich ruhiger werden.

Keinem Menschen auf dieser Welt kann ich so vertrauen wie diesem Pferd. Schon jetzt schnürt es mir die Kehle zu, wenn ich daran denke, dass sich unsere Wege trennen werden, wenn wir das Meer erreichen. Auf ein Schiff in die Neue Welt kann mich mein altes Pony wohl kaum begleiten, auch wenn er sich in der Prärie sicherlich wie zu Hause fühlen würde. Aber bis dahin haben wir zum Glück noch eine weite Reise vor uns. Bald werden wir den dunklen Wald verlassen, und die Sonne wird aufgehen, denke ich.

Da bleibt Kentucky plötzlich wie angewurzelt stehen. Er reckt die Nase in die Luft. Seine Flanken zittern.

»Was ist denn los, mein Guter?«, frage ich verwundert.

Und dann kommt alles doch ganz anders …

50.
DOTTIE

Johann ist mir gefolgt. Ich kann seinen Umriss im Türrahmen des Musikzimmers erahnen.

»Frieda will nach Amerika«, sage ich. »Alleine.« Das auszusprechen, macht es noch schlimmer. »Ich muss ihr hinterher.«

Ich will an ihm vorbei, aber er bleibt einfach im Türrahmen stehen. Nicht direkt bedrohlich, aber doch so, dass ich mich nicht traue, ihn aus dem Weg zu schieben.

»Ihr habt gestritten, oder?«, fragt er.

Das eisige Schweigen der letzten Tage war wohl nicht zu überhören. Ich nicke.

»Aber das ist sicher nicht der einzige Grund, warum sie sich davongestohlen hat«, stellt er fest.

Nein, denke ich. Dafür gibt es viele Gründe, aber nicht wenige davon haben mit mir zu tun. Dass Frieda in den letzten Wochen immer unzufriedener mit ihrem Leben geworden ist, daran bin ich schuld. Weil ich mich eingeschmeichelt habe bei ihrer Mutter, bei Fidelis, bei der Dompierre … Weil ich ihren Platz beansprucht habe und sie schlecht dastehen ließ, ohne das überhaupt zu merken. Und nicht zuletzt waren es meine Geschichten aus der Zukunft, die ihr all die fantastischen Möglichkeiten aufgezeigt haben, die Mädchen haben könnten: Ich habe ihr von Philippas Plan erzählt, Pilotin zu werden, von Sina, die Modedesign studieren will, und von Gina, die alle zwei Wochen etwas Neues vorhat. Frieda dagegen hat überhaupt keine Möglichkeiten. Ihr Lebensweg liegt vor ihr, wie in Stein gemeißelt. Zu wissen, wie es anders sein könnte, muss so frustrierend gewesen sein, dass sie es nicht mehr ausgehalten hat.

»Was wirst du jetzt tun?«, frage ich Johann mit belegter Stimme. Eigentlich kann ich es mir schon denken. Johann wird seine Mutter informieren, dass Frieda erst eine Betrügerin ins Haus geholt hat und dann abgehauen ist. Die Baronin wird die Polizei einschalten. Die werden mich festnehmen, Frieda suchen und gegen ihren Willen nach Hause zurückbringen.

Johann antwortet nicht. Er schaut an mir vorbei. Irgendwas scheint seine Aufmerksamkeit erregt zu haben. Er gibt den Türrahmen frei und läuft zum Fenster. Das erste Morgenlicht fällt bläulich ins Zimmer. Und jetzt sehe ich es auch: Kentucky ist zurück – alleine, mit schleifenden Zügeln, steht er mitten auf dem Schlosshof. Sein Wiehern klingt kehlig und aufgeregt. Unwillkürlich halte ich die Luft an. Was ist mit Frieda passiert?

51.
FRIEDA

Ich blinzle. Über mir grüne Blätter und dämmergrauer Himmel. Ein Zweig sticht mir in den Rücken und in meinem Kopf hämmert ein ganzes Bergwerk. Stöhnend drehe ich mich zur Seite. Waldboden, ein Baumstumpf. Im ersten Moment weiß ich nicht, wie ich hierhergekommen bin. Ich befühle vorsichtig meine Stirn. Eine dicke Beule, Dreck, aber kein Blut. Einzelne Bilder schießen mir in den Kopf: dunkle Schatten, die aus dem Dickicht brechen. Kentuckys vor Schreck weit aufgerissene Augen, sein ganzer Körper in zittriger Anspannung. Stück für Stück fügen die Bilder sich zusammen: Wildschweine. Eine große Bache, den Kopf gesenkt, die Borsten aufgestellt. Kentucky weicht zurück. Ich versuche, ihn zu beruhigen – zu spät. Die Bache faucht. Er scheut. Ich verliere den Halt und der Boden rast auf mich zu …

»Kentucky?«, rufe ich und rapple mich hoch. Ein Karussell aus Bäumen dreht sich vor meinen Augen. Nur langsam kommt es zum Stehen und der Schwindel lässt nach. Aber das Pony ist nirgends zu sehen. Immer wieder rufe ich seinen Namen und erwarte, im nächsten Moment das vertraute, leise Wiehern zu hören. Aber alles bleibt still. Verdammt, wo ist er hin?

Ein Stück entfernt finde ich meinen Rucksack, immerhin. Ich schnalle ihn mir wieder auf den Rücken und versuche, anhand der Moose an den Baumstämmen zu ergründen, wo Norden ist und in welche Richtung ich mich wenden muss. In meinem Kopf pocht es noch immer, aber umkehren werde ich keinesfalls. Zu Hause wird bestimmt bald nach mir gesucht. Ich muss vorankommen, zur Not eben auch ohne Pferd. Agathas Vetter, der Maurergeselle, hatte schließlich auch keines.

Den Gedanken an mein verschrecktes Pony alleine im Wald schiebe ich weg, so gut es geht. Kentucky wird schon zurück in seinen Stall finden, rede ich mir zu. Und was wäre ich denn für eine Pionierin, wenn ich aufgäbe, sobald es ein bisschen schwieriger wird? Ich muss es nur zur Poststation in Würzburg schaffen. Dort kann ich in die nächste Kutsche steigen. Nach Frankfurt wird mir niemand mehr folgen. Von dort aus steht mir der Weg frei.

52. DOTTIE

Ich schnüre hastig meine Stiefel zu, bevor ich auf den Hof hinauslaufe. Auch Johann hat sich in der Zwischenzeit schnell angezogen. Ohne ein Wort zu sagen, führt er Friedas aufgeregtes Pony in den Stall. Das ungute Gefühl in meinem Bauch wächst mit jeder Minute. Was, wenn Frieda überfallen wurde? Gibt es noch Räuber hier im Wald? Oder Bären? Ich habe keine Ahnung. Schnell schnappe ich mir Balthasars Zaumzeug.

»Ich gehe sie suchen«, erkläre ich.

»Nein, wirst du nicht«, widerspricht Johann, während er Kentuckys Sattel löst.

Ich lasse mich von seiner ungewohnten Vehemenz nicht beeindrucken. »Du kannst versuchen, mich aufzuhalten, aber glaub nicht, dass du das schaffst! Und wenn du deiner Mutter alles sagen willst, dann –«

»… dann hätte ich das längst getan«, unterbricht er mich ruhig. Dabei sieht er mich mit diesem durchdringenden Blick an, den ich inzwischen ziemlich gut kenne, aber den ich immer noch nicht richtig deuten kann. »Ich weiß, dass ihr ein Geheimnis habt, Frieda und du. Ich habe es schon geahnt, als du zum ersten Mal vor mir standest, in dem alten Mantel meiner Mutter.«

Ich schlucke hart. Die ganze Zeit hat Frieda mich vor Johann gewarnt. Doch selbst sie hat unterschätzt, wie genau er uns beobachtet. Nur eins verstehe ich nicht: Warum hat er mich dann nicht gleich auffliegen lassen?

Bevor ich mich aus meiner Schockstarre lösen kann, verschwindet Johann mit Kentuckys Sattel in der Kammer.

Der gute Balthasar schaut genauso verwirrt, wie ich es wohl gerade tue, als ich ihn aus seinem frühmorgendlichen Halbschlaf reiße und die Trense in sein Maul schiebe. So schnell ich kann, schließe ich die Riemen, öffne die Boxentür und ziehe das pummelige Pony hinter mir her.

»Los, wir haben keine Zeit zu verlieren«, rede ich ihm zu.

Als ich mich umdrehe, steht auf einmal Johann wieder vor mir. Er schleppt zwei Sättel gleichzeitig im Arm.

»Ich komme mit«, erklärt er und wirft den einen auf Balthasars Rücken. Den anderen lädt er vor der Box seines Wallachs ab. »Schließlich reicht es ja wohl, wenn *eine* junge Dame alleine im Wald verloren geht.«

53. FRIEDA

Zu Fuß laufe ich weiter, immer den schmalen, wurzelüberwachsenen Pfad entlang, bis ich die Forststraße erreiche. Hier bin ich schon einige Male mit meinen Eltern gefahren, auf dem Weg in die Stadt. Die Straße ist eben, meine Schritte beschleunigen sich. Als ich die erste Kurve umrunde, sehe ich in der Ferne ein Pferdefuhrwerk vor mir. Ein Bauer, der frühmorgens zum Markt unterwegs ist, den Wagen beladen mit Kartoffeln und Eiern.

»Warten Sie!«, rufe ich.

Doch der Mann hört mich nicht. Ich renne los. Der schwere Rucksack holpert hinderlich auf meinem Rücken und mit jedem Schritt pocht der Schmerz in meinem Kopf lauter. Das Fuhrwerk entfernt sich immer weiter. Hundskutteldreck, ich bin nicht schnell genug!

Noch einmal rufe ich, so laut ich kann: »Haaalt!«

Endlich dreht sich der Bauer um.

»Hooo!«, bremst er sein Pferd und wartet, bis ich keuchend zu ihm aufschließe.

»Fahren Sie in die Stadt? Nehmen Sie mich mit?«, frage ich. Für Höflichkeiten fehlt mir sowohl die Luft als auch die Zeit.

Der Bauer mustert mich mit gerunzelter Stirn. In meinem

alten Leinenrock, dazu noch schmutzig von meinem Sturz auf den Waldboden, sehe ich sicherlich nicht aus wie eine Baronesse.

»Ich kann Ihnen die Fahrt vergüten«, versichere ich schnell.

Das verändert die Sache. Sein Gesicht mit den wulstigen Augenbrauen hellt sich auf.

»Na dann, steig 'nauf, Mädle!«, sagt er und rutscht ein Stückchen beiseite, um mir auf dem Kutschbock Platz zu machen. Ein anderer Sitzplatz wäre mir wohl lieber gewesen, denn der Mann riecht recht streng. Aber solange er seine alte Mähre antreibt, soll mir das gleichgültig sein, denn ich komme weiter voran, und das ist alles, was zählt.

54.

DOTTIE

Als Johann und ich auf das Schlosstor zutraben, kommt uns das Dienstmädchen entgegen. Sie schleppt zwei große Wassereimer vom Brunnen zum Haus.

»Die Herrschaften sind aber früh auf?«, wundert sie sich, völlig zu Recht.

»Wir, äh – wir wollen … angeln«, stottere ich. Mir fällt absolut keine plausiblere Erklärung ein, warum ich kurz nach Sonnenaufgang mit Friedas Bruder durch die Gegend reite, noch dazu an Mariä Himmelfahrt, wenn wir ausnahmsweise mal ausschlafen könnten. Die Situation ist aber auch absurd.

Johann zögert nur einen Sekundenbruchteil. »Die Fische stehen heute gut«, stimmt er mir dann zu. »Es soll regnen. Sie dürfen meiner Mutter ausrichten, dass sie uns vor dem Mittagessen nicht zurückerwarten braucht.«

»Sehr gerne.« Agatha nickt. Sie wirkt etwas überrascht, schließlich haben wir weder Angelruten noch sonst irgendein Gerät dabei. Aber dass die Fische frühmorgens bei Regen am besten anbeißen, das habe selbst ich schon mal gehört, und Johanns erstaunlich bestimmter Ton lässt keinen Raum für Nachfragen.

»Mein Fräulein Schwester ist auch schon unterwegs«, schiebt er noch nach.

Ich hätte nicht gedacht, dass dieser verschlossene Typ fast genauso überzeugend schwindeln kann wie Frieda.

Kurz tippt Johann sich zum Gruß an den Hut, dann treibt er seinen Wallach an. Agatha wünscht uns noch höflich viel Erfolg und schließt das Schlosstor.

»Ich fürchte, Angeln war keine besonders gute Ausrede«, kommentiere ich selbstkritisch, als wir außer Hörweite sind.

»Jedenfalls sollten wir uns so ein paar Stunden Zeit verschafft haben, bis meine Mutter Alarm schlägt.«

Ich weiß nicht, was ich dazu sagen soll. Wieso deckt ausgerechnet er Friedas Verschwinden? Mir scheint immer noch alles, was hier gerade passiert, völlig unwirklich – als ob mein Kopf irgendwo ausgestiegen ist und erst noch hinterherkommen muss.

Eine Weile reiten wir nur still nebeneinanderher, der wortkarge Bruder und die falsche Comtesse. Ich stelle mir vor, wie es wäre, wenn statt Johann Fidelis auf dem anderen Pferd sitzen würde. Ihm könnte ich vielleicht erzählen, was passiert ist. Es würde sich gut anfühlen, mit meinem Geheimnis nicht mehr alleine zu sein. Er würde mich beruhigen, dass Frieda bestimmt nichts Schlimmes zugestoßen ist und dass wir uns sicher schnell wieder versöhnen. Aber in Johanns Gegenwart ist alles irgendwie verkrampft.

Es beginnt, leicht zu regnen. Ich habe nur eine dünne Wolljacke an und von den Ästen tropft es nass in meinen Kragen. Mich fröstelt, und ich sehne mich ein bisschen nach dem Luxus eines dreifach versiegelten Kapuzenparkas aus dem Outdoor-Laden, wo meine Dads so gerne einkaufen. Johann dagegen scheint den Regen gar nicht zu bemerken.

Hin und wieder ruft einer von uns Friedas Namen. Keine Reaktion. Wir suchen den Wegrand ab nach irgendwelchen Spuren oder Hinweisen darauf, wo sie sein könnte. Was wir genau suchen, weiß ich nicht wirklich. Aber am allermeisten verwirrt mich Johann.

»Warum machst du das eigentlich?«, platzt es schließlich aus mir heraus. »Ich dachte, du kannst sie nicht leiden!«

»Wen? Frieda? Frieda kann *mich* nicht leiden«, verbessert er. »Aber das tut im Augenblick ja auch nichts zur Sache. Wenn meine Schwester irgendwelche Dummheiten anstellt und alleine nach Amerika auswandern will, dann ist es immer noch besser, wenn wir sie davon abhalten, als dass Mutter es mitbekommt.«

»Warum glaubst du, dass sie dich nicht leiden kann?«, hake ich nach. »Wegen der Sache mit der italienischen Schauspielgruppe?«

Mit dieser Frage scheine ich einen wunden Punkt getroffen zu haben. Johann schweigt und weicht meinem Blick aus.

»Es war ein Fehler, Frieda deswegen bei unserer Mutter anzuschwärzen«, räumt er schließlich ein. »Ich hatte mich geärgert. Frieda war nämlich nicht die Einzige, die diese Truppe sehen wollte.«

»Du auch?«

Er nickt. »Sie haben Szenen aus dem ›Barbier von Sevilla‹ aufgeführt.«

»Den kenne ich.«

Die Rossini-Oper wurde auch mal im Stadttheater gespielt.

Ich bin hingegangen – alleine, weil sich außer mir natürlich niemand für die Musik und die historischen Kostüme interessiert hat. Aber im Jahr 1822 muss das so ziemlich das Modernste sein, was es gibt.

»Mutter hatte uns verboten, in die Stadt zu fahren. Aber du kennst ja Frieda. Fidelis bekommt sowieso immer, was er wünscht. Frieda nimmt es sich einfach, ohne zu fragen«, erklärt er mit einer Spur Bitterkeit. »Oft fällt das noch nicht einmal auf, weil unsere Eltern ohnehin nur auf den bewundernswürdigen Fidelis blicken.«

»Und du hältst dich an die Regeln, aber niemanden interessiert es«, stelle ich fest. Das kommt mir bekannt vor. Wenn Bo bei uns zu Hause ist, habe ich manchmal das Gefühl, ich könnte mich in Luft auflösen und meine Dads würden es nicht mal bemerken. Ich verstehe, dass Johann damals sauer war.

»Frieda und ich haben uns noch nie besonders gut vertragen«, gibt er zu und starrt angespannt in den Wald. »Aber ich hätte sie nicht verraten dürfen.«

Ich sehe ihm an, dass er sich wirklich Sorgen um seine Schwester macht und dass es ihm leidtut, was zwischen ihnen passiert ist. Es gibt eben zu jeder Geschichte immer mindestens zwei Seiten, denke ich.

Mitten im Wald gabelt sich die Straße. Wenn Frieda in die Stadt wollte, müsste sie geradeaus geritten sein. Aber was, wenn sie doch einen ganz anderen Pfad gewählt hat? War sie vielleicht querfeldein unterwegs, als Kentucky abgehauen ist? Oder sind wir schon viel zu weit? Ist das Pony irgendwo auf dem Weg hierher durchgegangen und hat Frieda abgeworfen? Was, wenn sie jetzt verletzt irgendwo weit hinter uns im Dickicht liegt, wo wir sie von der Straße aus nicht sehen konnten?

»Frieda?«, rufen wir in alle Richtungen.

Außer einem Sperber, der aufgescheucht von seiner Tanne aufflattert, bleibt der Wald gespenstisch ruhig. Kein Mensch ist in der Nähe, den wir nach ihr fragen könnten. Langsam bekomme ich Zweifel, dass diese geheime Suchaktion wirklich so eine gute Idee war. Hätten wir nicht schon längst Hilfe holen sollen?

Als mein Blick Johanns trifft, weiß ich, dass er in diesem Moment genau das Gleiche denkt.

55. FRIEDA

Mit einer für die alte Mähre erstaunlichen Geschwindigkeit erreichen wir die Weinberge. Bald liegen uns die unzähligen Kirchtürme Würzburgs zu Füßen. Der breite Fluss glänzt nach dem Regenschauer in der Morgensonne, und wenn der Wagen nicht zu sehr rumpelt, hält sich auch mein Kopfschmerz in Grenzen. Es geht aufwärts – zumindest im übertragenen Sinne. Tatsächlich muss der Bauer auf dem steilen Weg hinunter in die Stadt kräftig bremsen. Mit einer Hand hält er den großen Korb voll Eier fest, der hinter ihm auf der Ladefläche schon gefährlich ins Rutschen gerät.

»Wo willst 'n eigendlich hi?«, fragt er mich.

»Zur Poststation«, erkläre ich. »Aber Sie können mich auch am Markt absetzen.«

»Na, bassd scho«, brummelt er.

Um seine Freundlichkeit zu würdigen, mache ich ihm ein Kompliment für seine Ware. »Ihre Rüben sehen wirklich formidabel aus.«

»Formidabel«, wiederholt er spöttisch, und in seinen Augen blitzt es.

Da wird mir gewahr, dass ich das besser nicht hätte sagen sollen. Kein dahergelaufenes Mädel benutzt französische Ausdrücke. Es wäre wohl klüger gewesen, den Mann im Glauben zu lassen, dass auf seinem Kutschbock eine Dienstmagd oder eine Bauerntochter sitzt.

Die Quittung für meinen unüberlegten Kommentar bekomme ich, als das Fuhrwerk wenig später nahe der Poststelle anhält.

»Zehn Kreuzer«, fordert der Bauer und streckt mir seine furchige Hand entgegen.

Der Hundsfott! Aber wenn er denkt, er kann einen solchen Wucherpreis verlangen, nur weil ich ein adliges Fräulein bin, dann hat er sich getäuscht. Ich habe noch einen weiten Weg vor mir. Ich brauche mein Geld.

»Drei«, biete ich ihm an.

Er lacht mir ins Gesicht. »Zehn. Is dir des zu deuer? Hättsd hald früher frachn müss'!«

»Fünf«, lenke ich ein. »Aber keinen Kreuzer mehr.«

Stur schüttelt der Bauer den Kopf. »Seh ich aus wie die Wohlfahrd oder wos?«

So eine Unhöflichkeit brauche ich mir nicht gefallen zu lassen.

Ich schnappe meinen Rucksack und will vom Kutschbock springen.

Da packt er mein Handgelenk und hält mich fest.

»Lassen Sie mich los!«, rufe ich und versuche, mich aus seinem Griff zu befreien. Aber der Mann hat Hände wie ein Schraubstock.

»Nix da! Du bleibst hockn, bis ich mei Geld hab!«, herrscht er mich an.

In meinem Kopf hämmert es wieder, ich brülle und schimpfe: »Nehmen Sie Ihre Hände weg! Hilfe!«

Die Straße ist voller Leute, doch niemand scheint Notiz zu nehmen. Da bleibt mir nur noch ein letzter Winkelzug: Ich winde mich zur Seite und versetze dem Eierkorb einen kräftigen Tritt. Er schwankt. Sein Inhalt und damit der halbe zu erwartende Verdienst dieses Markttags drohen auf die dreckige Straße zu stürzen.

»Du elendes Luder!« Mit einem ärgerlichen Aufschrei lässt der Bauer meine Hand los, um seine wertvolle Ware zu retten.

Ich springe vom Kutschbock, schmeiße mir meine Habe auf den Rücken und renne, renne, renne, so schnell mich meine Beine tragen.

56. DOTTIE

»Doch, ja, ich hab ein solches Mädel gesehen«, bestätigt der Handwerksgeselle, der uns am Waldrand entgegengekommen ist, als Johann und ich ihm nun Frieda beschreiben. »Sie ist bei einem Bauern auf dem Fuhrwerk mitgefahren.«

»War sie verletzt?«

»Ich glaube nicht.«

Johann und ich sind erst mal erleichtert. Der Regen hat aufgehört, wir sind auf dem richtigen Weg und Frieda geht es gut. Oder zumindest hoffen wir das.

»Sie wird sich zur Poststation bringen lassen, um von dort aus weiter nach Norden zu reisen«, vermutet er. »Wir müssen sie nur finden, bevor die erste Kutsche aufbricht.«

Wir bedanken uns bei dem Gesellen und Johann lässt sein Pferd antraben. Auch Balthasar legt etwas unwillig einen Zahn zu.

Würzburg kenne ich, weil ich dort hin und wieder mit meinen Eltern auf Großstadt-Einkaufstour gewesen bin. Aber als ich die Stadt sehe, die hinter dem nächsten Hügel auftaucht, muss ich fast lachen: Sie ist winzig, als ob sie jemand geschrumpft hätte.

Die Kirchtürme sind zwar dieselben, aber es fehlen die hässlichen Hochhäuser am Stadtrand, das Heizkraftwerk und die ICE-Strecke. Auf dem Main fahren statt Ausflugsdampfern und Motorbooten Flöße und Holzschiffe, die vom Ufer mit Pferden gezogen werden, wenn sie gegen den Strom unterwegs sind.

Johann muss mein überraschtes Gesicht bemerkt haben, denn er erkundigt sich, ob alles in Ordnung sei.

»Ich hab mich nur gerade daran erinnert, dass ich hier schon mal war«, sage ich und erwarte eigentlich, dass er jetzt mehr wissen will: Wann und warum und mit wem?

Aber Johann, der Wortkarge, tut das, was er am besten kann: Er schweigt, beobachtet und macht sich seine Gedanken.

»Wenn du die ganze Zeit schon wusstest, dass ich keine Comtesse bin, wieso hast du es eigentlich niemandem gesagt?«, stelle ich die Frage, die mir schon die ganze Zeit auf den Nägeln brennt. »Hat es dich gar nicht interessiert, wo ich wirklich herkomme?«

Johann zögert einen Moment. »Doch, natürlich war ich neugierig«, gibt er dann zu. »Aber Frieda war froh über deinen Besuch. Meine Mutter ebenso. Eine Weile haben sie sich auch wieder besser vertragen. Das ist nicht immer so, wie du weißt. Da wollte ich lieber nicht weiter nachforschen, um keinen Unfrieden zu stiften.«

Ich seufze, während ich mir die letzten Tage vor Augen führe. »Das ›Unfrieden stiften‹ habe ich ganz gut alleine hingekriegt.«

»Frieda zog es schon lange vor deiner Ankunft in die Ferne«, wiegelt Johann ab – was natürlich nichts an der Tatsache ändert, dass meine Anwesenheit ihr Leben auf dem Schloss noch weiter verkompliziert hat.

Langsam tut es mir leid, dass ich Johann einfach als den langweiligen Einzelgänger abgestempelt habe, den Frieda mir beschrieben hat. Ich hätte es besser wissen müssen. Schließlich bin ich ja selbst eher von der introvertierten, nachdenklichen Sorte. Im Gegensatz zu Fidelis scheint Johann am Gymnasium kaum Freunde zu haben. Ob er sich gefreut hätte, wenn wir ihn mal mitgenommen hätten, zum Reiten oder an den Weiher?

»Mach dir keine Vorwürfe«, meint Johann, als ob er meine Gedanken hören könnte, während wir nebeneinander das Stadttor passieren.

Aber ich tue es trotzdem.

57. FRIEDA

»Haldet's fest, des diebische Luder!«, ruft der Bauer.

Als ob ich ihm etwas gestohlen hätte! Dass er mich nie und nimmer einholen würde, das weiß der alte Hundsfott natürlich. Aber ein paar andere Leute, die deutlich schneller zu Fuß sind, laufen mir hinterher.

Ich renne wie ein wildes Kaninchen, schlage Haken, bis ich nicht mehr kann. Das Bergwerk hämmert in meinem Kopf, dass mir fast Hören und Sehen vergeht.

In einer Hofeinfahrt steht ein Fuhrwerk. Dahinter verstecke ich mich. Ich warte eine ganze Weile, bis ich mir sicher sein kann, dass niemand mehr nach mir Ausschau hält.

Dann suche ich den Weg zurück zur Poststation. Ich meide die großen Straßen und nehme lieber einen Umweg in Kauf. So stoße ich auf eine kleine Bäckerei, aus der es nach frischem, warmem Brot duftet.

Mein Magen knurrt. An Proviant habe ich nicht gedacht. Aber ich muss gut haushalten, also kaufe ich mir nur ein trockenes Brötchen, das ich mit größtmöglicher Beherrschung Krume für Krume esse.

An der Poststation angekommen werfe ich zuallererst einen Blick auf die Tafel mit den Abfahrtszeiten. Ich habe Glück. Noch heute Mittag soll eine Kutsche fahren.

»Ein Billett nach Frankfurt, bitte«, sage ich zu dem Angestellten am Schalter.

»Gerne, mein Fräulein. Dürfte ich kurz das Schreiben Ihres Herrn Vaters sehen?«

»Welches Schreiben?«, frage ich.

»Eine Bestätigung seines Einverständnisses mit der Reise, Mademoiselle«, erläutert der Postangestellte.

»Bedauere, aber ein solches Schreiben kann ich Ihnen nicht vorlegen. Mein Vater befindet sich derzeit selbst auf Reisen.«

»Dann hätte er Ihnen seine Einwilligung vorab ausstellen müssen«, belehrt mich der Beamte mit hochgezogenen Augenbrauen.

Ich versuche, höflich zu bleiben. »Das war ihm leider nicht möglich. Der Grund meiner Reise ist eine kurzfristige und sehr dringliche Angelegenheit.«

Der Postler rückt gewichtig seine Uniformmütze zurecht. »Gut, in diesem besonderen Falle würde ich mich auch mit einem Schreiben eines anderen Anverwandten begnügen – eines Onkels oder Bruders, falls dieser schon volljährig ist.«

»Ich habe kein Schreiben«, stelle ich nun schon etwas ungehalten klar.

»Herrje, damit bringen Sie mich in arge Verlegenheit, Mademoiselle!«, lamentiert der Beamte. »Aber ich sehe mich außerstande, Ihnen ein Billett zu verkaufen.«

Natürlich. Wie konnte ich mir auch nur anmaßen, dass ich hier hereinmarschiere, mein Geld auf den Tresen lege und mit einem Fahrschein in der Hand wieder hinausgehe? Schließlich ist bisher alles schiefgelaufen, was ich mir vorgenommen hatte.

»Dann möchte ich Ihre kostbare Zeit nicht länger vergeuden«, antworte ich spitz. Bevor noch einige gesalzenere Worte über meine Lippen kommen, drehe ich auf dem Absatz um, verlasse die Poststation und mache meinem Ärger lieber unter freiem Himmel Luft.

Das Stechen hinter meiner Stirn raubt mir fast den Verstand. Mir wird schwindelig. Ich lehne mich gegen eine Hauswand … und dann sucht sich das vermaledeite Brötchen wieder seinen Weg ans Licht.

58.
DOTTIE

Als wir bei der Poststation ankommen, warten schon einige Passagiere mit Koffern und Taschen auf die Ankunft der Kutsche. Frieda ist nicht dabei.

»Ich sehe drinnen nach«, sage ich, springe vom Pferd und drücke Johann Balthasars Zügel in die Hand. Aber auch am Schalter steht keine Frieda. Wo kann sie sein?

»Entschuldigen Sie«, spreche ich den Postbeamten an. Aber der sortiert sehr langsam und sorgfältig einen Stapel Briefe und gibt mir zu verstehen, dass ich mich gedulden soll.

Während ich noch dumm auf der Wartebank herumsitze, höre ich Johanns Stimme von draußen rufen: »Dottie! Ich habe sie gefunden!« Ich renne zu ihm.

Frieda hockt an die Wand gestützt in einer schmalen Gasse direkt neben dem Posthaus und ist ganz käsig im Gesicht.

»Geht schon wieder.« Sie winkt ab, als sie meinen besorgten Blick sieht.

Das scheint mir ein bisschen optimistisch. Sie hat eine dicke Beule an der Stirn und wirkt ziemlich mitgenommen.

»Was wollt ihr hier eigentlich?«

»Dreimal darfst du raten«, gebe ich zurück.

»Sagt bloß, ihr habt euch Sorgen um mich gemacht«, wundert sie sich. Der Satz versetzt mir einen Stich, weil herauszuhören ist, dass sie das nicht von uns erwartet hätte.

»Kentucky ist ohne dich zurückgelaufen«, erkläre ich. »Wir haben ihn im Hof entdeckt. Außer uns weiß keiner, dass du abgehauen bist.«

Johann reicht Frieda seine Hand, um ihr aufzuhelfen. »Komm, wir bringen dich nach Hause.«

Sofort verdüstert sich ihre Miene. »Auf gar keinen Fall.« Ohne Hilfe rappelt sie sich hoch und klopft den Staub von ihrem Rock.

»Aber wo willst du denn hin?«

»Zum Hafen und dann nach Amerika. Ich nehme das Schiff«, erklärt Frieda, als sei es das Selbstverständlichste auf der Welt.

»Der Kapitän wird dich wohl kaum ohne Begleitung mitfahren lassen«, wendet Johann ein.

»Ich habe auch nicht vor, ihn zu fragen«, stellt Frieda klar.

Ich reiße die Augen auf. Bitte was? Will Frieda sich etwa als blinde Passagierin auf ein Schiff schleichen?

Johann spricht aus, was auch ich im ersten Moment denke: »Das ist doch Wahnsinn, Frieda!«

Seine Schwester verschränkt stur die Arme vor der Brust. »Ach ja?«

»Du kannst froh sein, dass du einigermaßen heil hier angekommen bist«, hält er ihr vor, und seine Stimme wird lauter. »Sei jetzt vernünftig!«

»Vernünftig!«, schnaubt Frieda ironisch. »Du kannst ja gerne vernünftig wieder nach Hause reiten. Aber ich pflege nicht nur vor mich hin zu träumen, sondern auch zu bewerkstelligen, was ich mir vornehme!«

Getroffen beißt Johann sich auf die Lippe. Er merkt anscheinend, dass er Frieda nur noch mehr gegen sich aufbringt, wenn er sie so angeht. »Bitte, Frieda! Ich will doch nur nicht, dass dir etwas zustößt. Kein vierzehnjähriges Mädchen ist je alleine nach Amerika gereist«, versucht er es noch mal in einem ruhigeren Ton.

Da kann ich mich nicht mehr zurückhalten. »Doch, ich. Eigentlich sogar schon mit dreizehn.«

Johann fährt verblüfft herum. Ich ignoriere die Fragezeichen in seinen Augen, denn jetzt ist nicht der richtige Zeitpunkt für große Erklärungen. So verrückt Friedas Plan auch klingt, ich will, dass sie endlich eine Chance bekommt, ihr Glück zu suchen.

»Wenn sich jemand durchschlagen kann, dann du, Frieda. Und ich helfe dir … wenn du das noch möchtest.«

Johann bekommt vor Überraschung kein Wort heraus. Aber auf Friedas Gesicht erscheint ein breites Lächeln, das ich so schon lange nicht mehr gesehen habe.

»Gut. Auf geht's«, sagt sie und schultert ihren Rucksack.

59. FRIEDA

Wir sind auf dem Weg zum Hafen. Johann, der Wortkarge, trottet mit Gewittermiene drei Schritte hinter uns, aber offenbar wagt er es nicht, Dottie zu bremsen. Ich bin immer noch ein wenig stutzig ob des vertrauten Umgangs, den die beiden auf einmal an den Tag legen. Aber da Johann anscheinend nicht vorhat, irgendjemandem die Wahrheit über die falsche Comtesse preiszugeben, soll mir das nur genehm sein.

»Ich muss dir etwas gestehen«, flüstere ich Dottie zu. »Ich hab dein Musikkästchen mitgenommen. Ich dachte, ich könnte es im Notfall zu Geld machen.«

Aber als ich es aus meinem Rucksack ziehen will, hält Dottie meine Hand fest und wehrt ab. »Behalte es ruhig. Ich brauche es nicht.«

»Es tut mir leid«, antworte ich. Und damit meine ich nicht nur die Sache mit dem Kästchen.

Dottie schüttelt den Kopf. »Mir tut's leid. Ich habe viel darüber nachgedacht, was du gesagt hast. Du hattest recht. Ich war die ganze Zeit nur mit mir selbst beschäftigt.«

Ich möchte eigentlich gar nicht an unseren Streit erinnert werden, so sehr schäme ich mich für meine widerwärtigen Worte. »Ich habe dir die abscheulichsten Beleidigungen entgegengeschleudert. Dabei wolltest du mir nur helfen, damit ich keinen Ärger bekomme.«

»Ja genau.« Dottie schnaubt. »Bloß keinen Ärger, alles schön harmonisch. Aber geholfen habe ich dir damit überhaupt nicht. Ich habe dir nicht mal richtig zugehört. Dabei war es wirklich nicht schwer zu verstehen: Du warst nur entschlossen, so zu handeln, dass du auf deine Art glücklich wirst, ohne dich daran von irgendeinem anderen Menschen hindern zu lassen.«

Tatsächlich sind mir Elizabeth Bennets Worte in den vergangenen Tagen nicht aus dem Kopf gegangen. »Aber ist es richtig, so zu handeln, wenn man damit eine gute Freundin in Schwierigkeiten bringt?«

»Lass uns nicht mehr darüber nachdenken«, wischt Dottie meinen Einwand beiseite. »Wichtig ist doch, dass wir jetzt zusammen hier sind.« Sie lächelt mir zu und nimmt meine Hand.

Wie glücklich ich mich darüber schätzen kann, denke ich, nach allem, was passiert ist.

Als wir an einem Brunnen vorbeikommen, taucht Johann wortlos sein großes Taschentuch ins kühle Wasser und reicht es mir, damit ich es gegen meine pochende Stirn drücken kann. Die Kälte tut gut und meine höllischen Kopfschmerzen ebben langsam ab.

»Danke«, sage ich und gehe die letzten Schritte hinunter zum Fluss schon etwas beschwingter.

Am Mainkai herrscht trotz des Feiertags reges Treiben. Hafenarbeiter rollen Fässer von einem Frachter, Fischer verkaufen ihren Fang. Stapel von Säcken warten darauf, verladen zu werden. Ein paar Kinder lauschen einem Leierkastenmann, und der Kranmeister brüllt seinen Männern, die die Winde drehen, Anweisungen zu. Während mein Bruder die Pferde anbindet, lasse ich den Blick schweifen, bis ich ein großes Marktschiff ausmache, das zur baldigen Abfahrt bereitsteht. »Undine« heißt es auf der Bordwand. Die Besatzung scheint noch auf einige Passagiere zu warten.

»Die legt bestimmt gleich gen Frankfurt ab«, wispere ich Dottie und Johann zu.

»Mag sein«, meint Johann, die selbst ernannte Stimme der Vernunft. »Aber wie willst du dorthinein kommen?«

Er hat ja recht. Der ganze Kai ist voller Menschen – Dutzende Augen, die jeden Versuch, unbemerkt an Bord zu gelangen, vergeblich erscheinen lassen.

»Man müsste die Leute ablenken«, überlege ich.

»Wie soll das gehen?«, fragt Johann.

Ich kann über seine Einfallslosigkeit nicht einmal die Augen verdrehen. Schließlich habe ich selbst noch keine zündende Idee.

Unterdessen ist Dotties Blick auf den Leierkastenmann gerichtet, der gerade die Heller aus dem Hut einsteckt und seine Orgel zuklappt. Sie zieht die Stirn kraus, wie sie es auch immer tut, wenn sie über Französischvokabeln brütet.

»Ich weiß, wie wir's machen«, erklärt sie dann, greift nach meinem Rucksack und holt das Musikkästchen mitsamt der rosafarbenen Schallkugel hervor.

60. DOTTIE

»Meine Damen und Herren! Hören Sie jetzt ein noch nie da gewesenes Spektakel!«, ruft Johann im Tonfall eines Zirkusdirektors, so laut, dass es jeder auf dem Mainkai hören kann. Er macht das unerwartet gut. Die Leute schauen neugierig auf.

Meine Idee ist ziemlich verrückt, und ich habe keine Ahnung, ob sie funktioniert oder total nach hinten losgeht. Aber einen Versuch ist es wert. Das scheint selbst Johann so zu sehen. Jedenfalls hatte er – auch zu Friedas Überraschung – keine weiteren Einwände.

»Kommen Sie, kommen Sie! Staunen Sie, meine Damen und Herren! Ich verspreche, Sie werden Ihren Ohren nicht trauen!«

Während die ersten Spaziergänger auf Johanns Rufe aufmerksam werden, stehe ich am Ende des Kais, so weit wie möglich von der Undine entfernt, und warte erst mal wie bestellt und nicht abgeholt. Der kleine Lautsprecher beult meine Rocktasche aus. Gerade verschwindet Frieda unauffällig hinter einem großen Stapel Säcke, der an der Hafenkante neben dem Heck des Marktschiffs liegt.

»Für Sie, heute und hier, zum allerersten Mal: das Fräulein, das mit dem Bauch singt!«, kündigt Johann meinen Auftritt an.

Eine paar Leute haben sich schon um mich versammelt. Auch die Kranarbeiter stellen ihre Arbeit ein und warten ab, was da wohl geboten wird. Ich spüre ihre Blicke auf mir, und es fühlt sich ungefähr genauso angenehm an wie damals, als ich im Schwimmbad mein Bikinioberteil verloren habe. Aber was sein muss, muss sein, denke ich und nehme all meinen Zehnmeterturm-Mut zusammen. Auf keinen Fall darf ich mir anmerken lassen, wie nervös ich bin. Nur wenn ich eine gute Show abliefere, wird niemand auf Frieda achten.

Johann nickt mir zu. Es kann losgehen. Ich räuspere mich dramatisch, gleichzeitig drücke ich mit einer Hand in der Rocktasche die Play-Taste auf meinem Handy. Ich hole tief Luft und breite die Arme aus. Die Vorstellung beginnt.

»Come fly with me, let's fly, let's fly away«, singt meine Körpermitte, beziehungsweise Frank Sinatra in meiner Tasche. Es muss ziemlich seltsam aussehen – ein spargelstangendünnes vierzehnjähriges Mädchen, dem eine männliche Baritonstimme aus dem Bauch schallt. Den Zuschauern fallen jedenfalls fast die Augen aus dem Kopf. Mehr und mehr Leute werden aufmerksam. Bald umringt mich eine ganze Traube von Menschen.

Hoffentlich hält der Handy-Akku noch lange genug durch, denke ich. Und: Das ist jetzt deine Chance, Frieda!

61. FRIEDA

Ich luge hinunter zur Undine. Die Schiffsbesatzung steht immer noch an Deck, aber auch der Kapitän und seine Männer können sich dem eigentümlichen Spektakel am Kai nicht entziehen. Ein Matrose weist den Steuermann darauf hin, der eben noch die letzten Passagiere abkassiert hat. Jetzt sind alle Blicke auf Dottie gerichtet. Das ist der Augenblick, auf den ich gewartet habe.

Ich presse meinen Rucksack fest an mich und trete einige Schritte hinter den Stapel Säcke zurück, das Heck der Undine vor mir im Fluss. Wasser schwappt träge gegen die Bordwand. Den Abstand zur Hafenkante schätze ich auf vier oder fünf Fuß. Kein allzu großer Sprung. Aber ich habe nur einen einzigen Versuch, wenn ich unentdeckt an Bord gelangen will. Ich spanne alle Muskeln an, federe leicht auf den Zehen, nehme Anlauf … und springe.

Rums! Nicht gerade leise lande ich auf dem Deck. Aber Besatzung und Passagiere sind glücklicherweise wie gebannt von Dottie, die jetzt mit Frank Sinatras Stimme zum großen Finale des Lieds anhebt. Schnell krieche ich zu der Luke, die in den Frachtraum führt. Darin kann ich mich verstecken, habe ich mir überlegt. Vermutlich wird die gesamte Ladung erst in Frankfurt wieder gelöscht, sodass niemand Grund haben sollte, vorher dort unten nach dem Rechten zu sehen.

Gerade will ich die Luke aufstemmen, da höre ich sie – die unverkennbare Stimme meiner Mutter: »Frieda! Komm sofort hierher.«

Ich fahre herum und erstarre. Sie steht direkt am Kai. Unter ihrem eisigen Blick könnte der Fluss gefrieren. Der Applaus des begeisterten Publikums will so gar nicht zu der Tatsache passen, dass mein Traum von der großen Freiheit in diesem Moment zerplatzt wie eine Seifenblase.

62. DOTTIE

Es war meine Schuld. Ich hätte wissen müssen, dass uns die Baronin so eine kurzsichtige Ausrede wie den angeblichen Angelausflug nicht abkaufen würde. Agatha ließ sich damit vielleicht noch abwimmeln, aber Friedas Mutter ist eine intelligente Frau. Sie hat natürlich nachgefragt, als wir drei nicht zum Frühstück erschienen sind. Und dann gab eins das andere: Ein Angelausflug ohne Angelruten? Zu dritt, aber nur zwei Pferde fehlen im Stall? Dass ausgerechnet der wandernde Geselle, bei dem wir uns nach Frieda erkundigt hatten, eine Stunde später im Schloss auftauchen und dort nach Arbeit fragen würde, konnten Johann und ich selbstverständlich nicht ahnen. Das war einfach nur Pech. Aber so erschloss sich die Baronin, dass Frieda abgehauen ist und wir beide in Würzburg nach ihr suchen. Sie hat sofort die Kutsche anspannen lassen …

Langsam wird es dunkel, und ich sitze alleine auf der Fensterbank im Gästezimmer, von der aus Frieda und ich oft die Fledermäuse in der Dämmerung beobachtet haben. Inzwischen finde ich diese seltsamen Tiere gar nicht mehr so gruselig wie vor drei Wochen, sogar eigentlich ganz interessant. Das ist nur eines von so vielen Dingen, über die ich heute anders denke.

Auf dem Weg zurück zum Schloss hat Johann mir erzählt, was an dem Tag passiert ist, als Frieda und ich uns so fürchterlich gestritten haben. Jetzt habe ich ein noch schlechteres Gewissen: Während Frieda mich gerettet hat, indem sie alles dafür getan hat, dass der englische Lord wieder abzieht und mein Geheimnis nicht auffliegt, habe ich schön gegessen und mich amüsiert und ihr danach auch noch Vorhaltungen gemacht!

Jetzt liegt Frieda schon im Bett. Der Arzt war hier und hat eine leichte Gehirnerschütterung diagnostiziert, von ihrem Sturz im Wald, die sie erst mal auskurieren muss. Mindestens bis zum Balltag steht sie sowieso unter striktem Stubenarrest und darf ihr Zimmer nicht verlassen, außer zu den Schulstunden, und niemand darf zu ihr oder mit ihr sprechen.

Abgesehen von dieser Ansage hat die Baronin den ganzen Tag kein Wort mit mir gewechselt. Während Frieda für den Fluchtversuch in ihr Zimmer eingesperrt wird, lautet die Strafe für Johann und mich als Komplizen offenbar Nichtbeachtung.

Ich frage mich, was die Baronin wohl über meinen musikalischen Auftritt am Kai denkt. Glaubt sie an Hexerei? Oder hält sie es tatsächlich für möglich, dass ich über ein eigenartiges Bauchgesangstalent verfüge? Wahrscheinlich findet sie die ganze Aktion so peinlich und unschicklich für eine junge Dame, dass sie darüber kein Sterbenswort mehr verlieren will. Das wäre mir auch am allerliebsten. Natürlich ist es mir nicht völlig egal, was die Baronin von mir hält, wenn ich nicht ihrem Idealbild eines wohlgeborenen Fräuleins entspreche. Aber ein bisschen schon. Und das ist auch eines der Dinge, die sich geändert haben.

Was Johann über mich denkt, ist mir immer noch ein großes Rätsel. Vielleicht vermutet er schon, dass meine sonderbare, knallpinke »Zauberschallkugel« nicht aus seiner Zeit stammen kann. Aber er hat mich nicht danach gefragt, obwohl er auf unserem Rückritt zum Schloss reichlich Gelegenheit dazu gehabt hätte. Überhaupt hat er mir, wenn ich so nachdenke, bisher keine einzige persönliche Frage gestellt. Aus Höflichkeit? Weil er sich nicht getraut hat? Oder weil er die Antworten – wie auch immer – sowieso schon weiß? Einerseits habe ich das Gefühl, dass ich ihm die ganze Wahrheit über das Schreibpult anvertrauen könnte. Mein Geheimnis wäre bei ihm sicher. Andererseits hält mich eine warnende Stimme in meinem Kopf wieder zurück: Du kennst ihn doch gar nicht! Jedenfalls rechne ich ihm hoch an, dass er mir mit keinem Wort vorgehalten hat, ihn in Friedas abenteuerlichen Fluchtplan mit hineingezogen zu haben. Kein »Ich hab's dir ja gesagt«, kein »Das hätte eh nicht geklappt«. Von dem Moment, in dem ich die schräge Idee mit dem Lautsprecher hatte, stand er hundertprozentig dahinter. Dafür bin ich ihm dankbar, denn ich möchte daran glauben, dass Frieda es wirklich nach Amerika hätte schaffen können, wenn ich heute Morgen nur nicht diesen einen blöden Fehler begangen hätte.

Es war meine Schuld. Aber ich mache das wieder gut, schwöre ich mir und Friedas Fledermäusen, die im Tiefflug über den Weiher schießen. Ich bringe das wieder in Ordnung, irgendwie.

63.
FRIEDA

»Ich werde natürlich deinem Vater schreiben müssen, was heute vorgefallen ist«, erklärt Mutter. »Es würde mich nicht wundern, wenn er unter diesen Umständen in Betracht zöge, dich in Zukunft auf eine Klosterschule zu schicken. Mir scheint, dass in deiner Erziehung eine strengere Hand vonnöten ist, als ich sie zu führen vermag.«

Ich sage nichts dazu.

»Die Einladung nach Kolbenstein habe ich nicht abgesagt«, fährt sie fort. »Du tätest gut daran, den Ball als deine letzte Chance zu verstehen, um mir zu zeigen, dass ich mich in meiner Einschätzung irre.«

Ich schließe die Augen und höre ihr nicht weiter zu. Es ist mir ohnehin einerlei. Ich bin müde. Mein Kopf schmerzt und ich will einfach nur meine Ruhe.

Ein ungewohntes Geräusch lässt mich aufschrecken. Ich bin alleine in meinem Zimmer. Ich weiß nicht, wie lange ich geschlafen habe, aber es muss mitten in der Nacht sein. Wieder höre ich das Geräusch. Ein leises *Klink!* – ein Steinchen, das gegen eine Glasscheibe prallt.

Ich schlüpfe aus dem Bett und öffne das Fenster. Die mondlose Nacht ist so finster, dass ich draußen rein gar nichts erkennen kann.

»Ist da jemand?«, flüstere ich.

Da plötzlich schießt etwas Weißes an meinem Ohr vorbei und landet hinter mir auf dem Zimmerboden. Es sieht wie ein Vogel aus, gefaltet aus einem Papierbogen.

Ich taste nach der Kerze auf meinem Nachttisch und der Zunderbüchse. Ungeduldig versuche ich, eine Flamme zustande zu bringen. Wenn ich mich nur in die Küche zur Glut im Herd schleichen könnte! Beim fünften Versuch gelingt es. Endlich brennt die Kerze. Ich falte das Blatt auseinander und erkenne sofort Dotties vertraute Buchstaben, rund und ordentlich: Wie geht es dir? Es sind nur vier Worte, aber allein ihr Anblick ist tröstlich.

Schnell krame ich nach einem Bleistift und kritzle meine Antwort auf den Bogen. Dann lasse ich Dotties papierenes Luftschiff wieder aus dem Fenster segeln.

64.

Könnte besser sein. Mein Schädel schmerzt, aber das vergeht …

Ich darf nicht mit dir reden, aber von Schreiben hat keiner was gesagt. Müssen trotzdem aufpassen, dass uns niemand erwischt.

Ja, bitte sei vorsichtig! Ich glaube zwar nicht, dass Mutter einen Gast so streng disziplinieren würde wie ihre eigenen Kinder. Aber du solltest dich nicht auch noch in Gefahr begeben. Du hast schon genug für mich getan.
Apropos: Ich hatte noch gar keine Gelegenheit, mich für deine Großtat heute am Hafen zu bedanken. Ich werde nie vergessen, wie du dich da präsentiertest vor all den gaffenden Leuten und mit dem Bauch sangst. Kein Hasenherz hätte so etwas je gewagt, so viel ist sicher!

Es tut mir nur so unendlich leid, dass es nicht geklappt hat.

Es war ein kühnes Vorhaben. Du hast alles gegeben, was in deiner Macht stand. Ohne dich wäre ich wohl nicht einmal auf das Schiff gekommen.

Aber wie geht's jetzt weiter? Wann darfst du wieder raus?

Bis zum Hyazinthenball verbleibe ich unter Arrest. Wenn ich mich dort nicht Mutters Erwartungen entsprechend präsentiere, will sie mich auf eine Klosterschule schicken.

Nein! Das kann sie doch nicht ernst meinen?! Vielleicht hat sie das nur so gesagt, weil sie sauer ist?

Sie meint es ernst. Da ich ihren Erwartungen nie gerecht zu werden vermag, muss ich mich wohl damit abfinden.

65.
DOTTIE

Am späten Nachmittag finde ich Fidelis in der Bibliothek. Er hat einen großen Atlas und mehrere Bücher vor sich auf dem Tisch ausgebreitet, studiert die Karte von Italien und macht sich Notizen für seine große Reise. Als ich hereinkomme, schaut er auf, mit diesem typischen, belustigten Lächeln im Mundwinkel.

»Dorothea! Wenn ich gewusst hätte, welch verborgene Talente in dir schlummern, hätte ich der Hofrätin statt der Violinsonate eine Gesangsdarbietung empfohlen!«

Ich lache bemüht. »Lieber nicht.« Offenbar hat der Kutscher meinen peinlichen Auftritt nicht für sich behalten.

Fidelis merkt, dass mir die Sache unangenehm ist, und wechselt netterweise das Thema. »Womit kann ich dienen?«

»Es geht um Frieda«, setze ich an und falle dann gleich mit der Tür ins Haus. »Wir dürfen nicht zulassen, dass sie ins Kloster gesperrt wird.«

Frieda sagt immer, dass Fidelis mit seinen Büchern ihr Fernweh nach Amerika erst geweckt hat. Wenn jemand in der Familie sie versteht, dann er. Außerdem ist Fidelis der erklärte Liebling der Baronin und damit der einflussreichste Verbündete, den sie im Augenblick hat.

»Niemand beabsichtigt, Frieda einzusperren«, beschwichtigt Fidelis. »Unsere Eltern überlegen, sie auf eine Klosterschule zu schicken.«

»Ist das nicht dasselbe?«, wende ich ein. »Wenn Frieda schon nach vier Stunden im Musikzimmer die Decke auf den Kopf fällt, wie soll sie es in einem Kloster aushalten?«

Fidelis kann das nicht bestreiten. »Zumindest wäre sie dann die Gouvernante los«, meint er ironisch. »Doch so weit muss es ja gar nicht kommen. Wenn Frieda sich beim Ball ein wenig im Zaum hält und Mutters Erwartungen entspricht, dann ist die Klosterschule schnell wieder vom Tisch.«

Das Gleiche hätte ich vor ein paar Tagen vielleicht auch noch gedacht. Aber wenn es für Frieda so einfach wäre, sich ein bisschen »im Zaum zu halten«, dann hätte sie es längst getan. Ich kann nicht verstehen, wieso Fidelis die Sache auf die leichte Schulter nimmt. Er kennt seine Schwester so viel länger als ich. Ihm muss doch bewusst sein, wie unerträglich sich schon allein die Einzelhaft in ihrem Zimmer für Frieda anfühlen dürfte.

»Vielleicht würde es helfen, wenn du noch mal mit deiner Mutter redest?«, bitte ich ihn.

Fidelis legt mir aufmunternd die Hand auf die Schulter. »Ich verstehe, dass du dich um meine Schwester sorgst. Aber ich bin mir sicher, dass Frieda von sich aus Einsicht zeigen wird.«

»Was soll sie denn einsehen?«, frage ich, eine Spur schärfer, als ich wollte. Mich ärgert es, dass er mich einfach so abblitzen lässt.

Fidelis gibt vor, meinen Ton nicht bemerkt zu haben, aber in seiner wohlwollenden Antwort schwingt auch mit, dass er – als der Ältere, Erfahrenere von uns beiden – es besser weiß. »Niemand hat etwas dagegen, wenn Frieda in ihrer freien Zeit ihren

Interessen nachgeht. Sie kann von Amerika träumen, Schlammschnecken und Fledermäuse zählen, sooft sie möchte. Aber in der Gesellschaft wirkt so ein Verhalten an einem jungen Fräulein eben doch abschreckend. Da muss sie sich anpassen. Ein bisschen demütiger, umgänglicher agieren – das ist doch nicht zu viel verlangt, oder?«

Doch, will ich sagen. Niemand sollte von Frieda verlangen können, dass sie sich verbiegt. Es ist einfach nicht in Ordnung, wenn sie nicht so sein darf, wie sie ist. Aber je länger ich Fidelis zuhöre, desto klarer wird mir, dass wir in dem Punkt grundsätzlich anderer Meinung sind. Ich möchte glauben, dass er nur so denkt, weil er eben im Jahr 1822 lebt. Aber wahrscheinlich hat auch Nick aus der Neunten seine festen Vorstellungen, wie ein Mädchen zu sein hat.

»Glaube mir, Dorothea, ich habe meine Schwester mehr als einmal gewarnt, dass sie es zu weit treibt«, versichert Fidelis und seufzt. »Ich fürchte, dass sie jetzt erst einmal die Konsequenzen ihres Handelns tragen muss.«

Da weiß ich, dass ich auf seine Unterstützung nicht mehr zählen kann.

66.

FRIEDA

Es fühlt sich an, als ob ich schon Wochen hier alleine in meinem Zimmer zubringe, dabei ist gerade einmal ein Tag vergangen, seit ich an Deck der Undine gestanden habe. Die Zeit dehnt sich vor mir, als ob man sie mit dem Nudelholz auswellte. Ich könnte die Wände hochgehen.

Der Doktor sagt, mein Hirn brauche Ruhe, um sich nach dem Sturz zu erholen. Doch wenn ich versuche zu schlafen, damit zumindest ein paar Stunden vergehen, wache ich gerädert und noch sterbensmüder auf als zuvor. Die irrwitzigen Stickmäuse sind zurück und treiben in meinen Träumen ihr Unwesen. Unablässig wollen sie ihr Garnnetz spinnen. So entscheide ich mich gegen den Schlaf, starre die Tapete an, wandere von einer Zimmerecke zur anderen und bemühe mich, meinen Lidern das Zufallen zu verwehren und zugleich nicht den Verstand zu verlieren. Wenn ich doch wenigstens ein Buch hätte oder irgendetwas, um mich auf andere Gedanken zu bringen!

Am meisten macht es mir zu schaffen, dass das Leben draußen, vor meinem Fenster, weitergeht, als sei nichts geschehen. Die Elstern kreischen und klingen dabei noch lauter als sonst. Oder kommt es mir vielleicht nur so vor? Vom Weiher her kann ich das Quaken der Frösche hören, die vor wenigen Wochen noch Kaulquappen waren. Wie gerne würde ich sie aus der Nähe betrachten. Der Gärtner hat das Gras geschnitten. Ich habe ihn dabei nicht gesehen, aber der frische grüne Duft zieht durch die Vorhänge zu mir herauf, füllt das Zimmer und lässt mich schier in die Luft gehen. Ich möchte wüten, toben, die verfluchte Tür eintreten und davonlaufen. Aber gleichzeitig bin ich dafür viel zu müde. Und ändern würde es doch nichts.

67. DOTTIE

Heute weiß ich, welche Gabeln und Messer wann an der Reihe sind und welches Tellerchen für welche Beilage gedacht ist. Trotzdem fühle ich mich wieder genauso unwohl wie an meinem ersten Abend hier. Friedas Platz ist leer. Die Stille im Speisesaal, wo sonst immer jemand etwas zu erzählen hatte, wird nur von leisem Besteckklappern und den Schritten der Dienstboten unterbrochen. Die Baronin, beide Brüder und ich sitzen um den großen Tisch und schweigen uns an.

Ich suche Johanns Blick, aber der schaufelt seine glasierten Karotten stumm in sich hinein und wirkt dabei, als ob er sich in Gedanken ganz woanders befindet. Oder weicht er mir vielleicht bewusst aus? Egal. Ich brauche eine Gelegenheit, um ungestört mit ihm zu sprechen. Aber das ist gar nicht so einfach. Morgen wird er wieder in aller Frühe zur Schule in die Stadt fahren, wie an jedem Werktag. Ich muss ihn also jetzt noch erwischen, bevor er auf sein Zimmer, zu seinen Stiften und Pinseln verschwindet, wo er schon den ganzen Nachmittag verbracht hat.

Endlich wird das Dessert abgeräumt. Die Baronin legt ihre Serviette zur Seite und erhebt sich vom Tisch. Johann schaut von seinem Teller auf. Ich räuspere mich leise und gebe ihm ein verstecktes Zeichen, dass er mir folgen soll. Er sieht es und nickt, zum Glück.

Das Erkerzimmer ist nicht unbedingt der ideale Ort für unser konspiratives Treffen, aber ich kann mich schlecht in die Privatgemächer eines Jungen schleichen oder umgekehrt. Das wäre höchst unschicklich und wahrscheinlich ein Grund, mich sofort vor die Tür zu setzen.

»Wir müssen Frieda helfen«, flüstere ich, als wir endlich allein sind. »Ich habe mir gedacht, dass du deinem Vater vielleicht einen Brief schreiben könntest. Der hat doch auch ein Mitspracherecht, ob Frieda ins Kloster gesteckt wird oder nicht!«

Soweit ich weiß, kamen Frieda und ihr Vater eigentlich immer gut miteinander klar. Auch wenn der Baron, so wie sie es erzählt, ein bisschen unter der Fuchtel seiner Frau steht, konnte er doch immer wieder vermitteln. Wahrscheinlich war er es, der die Dompierre gebeten hat, mal ein bisschen Physik zu unterrichten (was dann leider ziemlich nach hinten losgegangen ist).

Doch Johann wirkt skeptisch: »Freilich kann ich Vater schreiben. Aber zum einen weiß ich gar nicht, wo er sich gerade aufhält. Und selbst wenn, wäre ein Brief an ihn sicherlich mehrere Wochen unterwegs. So viel Zeit hat Frieda nicht. Der Ball ist übermorgen. Außerdem bezweifle ich, dass Vater überhaupt auf mich hören würde.«

»Dann schlag was anderes vor!«

Johann starrt auf den Fußboden. »Dottie, glaube mir, ich habe schon Stunden damit zugebracht, nach einer Lösung zu grübeln. Vielleicht –«

Abrupt verstummt er, weil sich im Flur Schritte nähern.

Keine Sekunde zu früh. Es ist die Baronin.

»Oha! Wenn ihr zwei eure hübschen Köpfe zusammensteckt, ergibt dies nichts Gutes. Das hat uns der gestrige Tag ja deutlich gezeigt«, ruft sie und lacht dabei. Aber man spürt, dass sie in Wirklichkeit alles andere als amüsiert ist.

»Wir … wir haben uns nur unterhalten«, stammle ich.

»Dagegen ist natürlich nichts einzuwenden«, erklärt sie ganz liebenswürdig, bevor sie sich an ihren Sohn wendet. »Johann, mein Junge, ich hatte dich doch gebeten, mit dem Verwalter die Ausgaben für die Tagelöhner zu prüfen.«

»Jetzt noch? Hat das nicht auch bis morgen Zeit?«

Die Miene der Baronin wird nur eine Spur härter. »Herr Schramm erwartet unsere Rückmeldung.«

Natürlich gibt es keinen Grund, warum dieser Auftrag nicht bis morgen Zeit hätte. Aber sie möchte nicht, dass wir miteinander reden, weil sie ahnt, dass wir wieder etwas planen könnten, wie gestern am Hafen. Das weiß Johann genauso gut wie ich. Ihm ist anzusehen, dass ihn das wurmt. Seine Hände ballen sich in den Hosentaschen. Aber er wehrt sich nicht. Höflich wünscht er mir einen schönen Abend und verlässt unter dem Blick seiner Mutter gehorsam das Zimmer.

Ich kann es ihm gar nicht übel nehmen. Wenn ich etwas gelernt habe in den letzten Wochen, dann dass hier immer jemand bestimmt und jemand gehorcht: Adlige bestimmen und Dienstboten gehorchen. Männer bestimmen und Frauen gehorchen. Eltern bestimmen und Kinder gehorchen. Niemand fragt Frieda oder Johann, was sie eigentlich wollen. Und wenn Frieda trotzdem sagt, was sie will, lauter und lauter, bis man es einfach nicht mehr überhören kann, dann wird sie eingesperrt. Das macht mich wütend. So wütend, dass ich heute nicht mal mehr aufmunternde Worte habe, die ich ihr in einen Papierflieger schreiben könnte.

Ich muss an zu Hause denken und an unsere »Familienkonferenzen«, über die ich oft genug die Augen verdreht habe. Jetzt versetzt mir der Gedanke einen Stich. Bret und Fred war es immer wichtig, dass wir einander zuhören und auf Augenhöhe diskutieren. Dass auch ich mitbestimmen darf. Natürlich fanden sie es nicht toll, als ich vorgeschlagen habe, dass wir Papas Auto abschaffen und mehr Rad fahren. Aber dann haben wir das beredet und zusammen eine Entscheidung getroffen. Und wenn ich sage, dass ich den Sommer ohne sie verbringen möchte, dann wird auch das gründlich besprochen, und am Ende lassen sie mich ziehen. Zuhören und diskutieren, das können meine Dads. Und jetzt stehe ich hier – »väterseelenalleine« würde man vielleicht sagen, wenn das ein richtiges Wort wäre – und frage mich, was sie mir raten würden, wenn ich nur mit ihnen reden könnte.

68.
FRIEDA

Mit einem energischen Ruck öffnet Agatha die Vorhänge und lässt das Licht ins Zimmer. Schlaftrunken setze ich mich im Bett auf. Wieder nur Stickmäuse und Garnspulen, die ganze Nacht – so kommt es mir jedenfalls vor. Ich hatte gehofft, dass mich das leise *Klink!* des Kieselsteinchens an der Scheibe wecken würde. Aber heute Nacht kam kein papierenes Luftschiff durch mein Fenster gesegelt. War es Dottie nicht möglich, sich in den Park zu stehlen? Wurde sie entdeckt? Oder hat sie mich etwa schon vergessen?

Das Frühstück bekomme ich wie gestern ans Bett serviert. Agatha wünscht mir knapp einen guten Morgen, stellt das Tablett auf den Nachttisch und verschwindet wieder. Wahrscheinlich wurde auch sie angewiesen, keine Konversation zu betreiben. Auf mir liegt immer noch eine bleierne Müdigkeit, die weiter anhält, als pünktlich um fünf Minuten vor acht die Dompierre klopft, um mich zum Unterricht abzuholen – ebenfalls so gut wie wortlos.

Dottie sitzt schon im Musikzimmer, bereit für die Französischstunde. Sie nickt mir zu, während ich an meinem Pult Platz nehme. Aber bevor sie auch nur versuchen kann, ein Wort mit mir zu wechseln, kommandiert die Gouvernante prompt unsere Aufmerksamkeit auf sich und die Tafel: »Augen zu mir, s'il vous plaît!«

Dann geht es wieder los, wie jeden Tag: Vokabeln nachsprechen, schreiben nach Diktat, unregelmäßige Verben. Je cours – ich renne, je courus – ich rannte, je courrai – ich werde rennen. Aber ich bin zu müde, um zu rennen. Meinem lädierten Hirn kommt es schon wie eine schier unmenschliche Anstrengung vor, nur den Federkiel ins Tintenglas zu tauchen.

Plötzlich fühle ich Dotties Hand, die mir heimlich etwas zwischen die Finger schiebt. Ein Stück Papier. Ich warte ab, bis die Dompierre sich mit dem Rücken zu uns der Tafel zuwendet, dann falte ich es auf.

Halte durch!, schreibt sie. Ich hole dich hier raus, versprochen.

Ich weiß nicht, wie sie das bewerkstelligen will. Ich weiß nicht, wann oder wo sie hinwill. Ich weiß nicht einmal, ob sie dieses Versprechen überhaupt halten kann. Aber eins weiß ich: Dottie lässt mich nicht allein.

69.
DOTTIE

»Dann bin ich ja auch noch da«, hat Frieda gesagt, an meinem ersten Tag hier, als ich gefragt habe, was passiert, wenn ich einen Fehler mache. Ich habe viele Fehler gemacht, aber sie hat ihr Versprechen gehalten. Jetzt bin ich dran. Während wir nun nach Vorlage Schwalben auf Taschentücher sticken und die Dompierre uns dazu passend französische Gedichte über Schwalben vorliest, zerbreche ich mir den Kopf, wie ich Frieda helfen kann. Komischerweise kommen mir beim Sticken oft gute Ideen. Frieda würde wahrscheinlich die Augen verdrehen, wenn ich das zugebe, aber wir dürfen ja sowieso nicht miteinander reden.

Ich denke an Marie Curie, die als erste Frau einen Nobelpreis in Physik erhalten hat, und an Amelia Earhart, die Pilotin, die alleine über den Atlantik geflogen ist. Wahrscheinlich gibt es tausend weitere Frauen, die etwas gemacht haben, was vor ihnen noch keine andere gemacht hat, nur kenne ich ihre Namen nicht. Im Jahr 1822 ist Marie Curie noch nicht einmal geboren, und es wird ein ganzes Jahrhundert dauern, bis Amelia Earhart zum ersten Mal in ihrem eigenen Flugzeug vom Boden abhebt. Hundert Jahre sind eine lange Zeit, aber es wird passieren. Und das ist doch das Entscheidende: dass es einen Weg gibt für Mädchen wie Frieda. Irgendjemand muss immer die Erste sein. Also warum nicht sie? Warum kann Frieda nicht die sein, die es anders macht als die anderen?

Ich muss nur rausfinden, wie. Das ist jetzt meine Aufgabe. Wie haben diese Frauen geschafft, was vor ihnen noch niemand geschafft hat? Wie ist Marie Curie Wissenschaftlerin geworden? Welche Schule hat sie besucht? Wie hat sie alles gelernt, was sie wusste? Gibt es in Deutschland schon Universitäten, wo Frauen Geologie oder Biologie studieren können? Und wenn nicht, ab wann? Wo müsste Frieda sonst hingehen? Braucht sie vielleicht nur ein paar Jahre zu warten, bis sie als Frau alleine um die Welt reisen und fremde Länder erforschen darf, ohne Erlaubnis ihres Vaters, Bruders oder Ehemanns? Es könnte sein. Vorschriften ändern sich schließlich schnell. Aber ich will ihr auch nicht zu viel versprechen.

Ich dachte eigentlich immer, dass ich mich in Geschichte ziemlich gut auskenne, doch jetzt merke ich, wie wenig Ahnung ich wirklich habe. In der Schule lernen wir über Kriege, Revolutionen und vielleicht auch mal, wann Frauen das Wahlrecht bekamen. 1918 nämlich. Aber selbst wenn man wählen darf, bedeutet das ja noch lange nicht, dass man auch freie Entscheidungen über das eigene Leben trifft. Wo also finde ich heraus, wie Frieda über ihr Leben bestimmen kann, ohne Geschichtsbücher oder Internetzugang? Zu Hause würde ich Papa fragen. Der weiß so was, überlege ich, und der Gedanke an ihn versetzt mir erneut einen Stich. Aber hier?

»Nun kommen wir bitte zum Ende, Mesdemoiselles«, flötet die Dompierre und unterbricht mich in meiner Grübel-Sackgasse. Ich habe die Schwalbe nur halb fertig bekommen, was sie überrascht. Normalerweise bin ich deutlich schneller im Sticken. Sie zieht die Augenbrauen hoch und legt ein Lesezeichen in ihren Gedichtband.

»Wir werden 'eute Nachmittag an dieser Stelle fortfahren«, kündigt sie an.

Frieda und ich haben nichts anderes erwartet. Während wir schweigend unsere Nadelarbeiten wegräumen, treffen sich unsere Blicke.

Frieda sieht immer noch blass und müde aus, wie in den ganzen letzten Tagen, aber für einen kurzen Moment zucken ihre Mundwinkel nach oben. Ich glaube, sie hat meine Nachricht vorhin gelesen.

Mit einem knappen Nicken verabschiedet sich die Dompierre und schiebt Frieda zur Tür hinaus. Sie muss wieder alleine auf ihrem Zimmer essen.

Ich trödle mit Absicht ein bisschen, weil ich hoffe, dass Frieda mir heimlich eine Antwort auf meinen Zettel hinterlassen hat. Sonst können wir uns erst wieder heute Nacht Papierflieger schicken.

Als die beiden außer Hörweite sind, klappe ich den Pultdeckel auf. Keine Notiz von Frieda. Auch ganz hinten im Scharnier klemmt nichts.

Aber dann entdecke ich etwas Seltsames. Versteckt unter dem Französischbuch und dem Aufsatzheft liegt ein kleines Stück Pappe, das verdächtig nach altem Pizzakarton aussieht. Mein Herz macht einen Hüpfer, als ich die auf dem Pappfetzen mit Kuli hingeschmierten Worte lese:

Hey,
bin mit deinen Dads campen gewesen. War echt nice. Und bei dir so?

70.

Wow, Bo! Du kannst dir gar nicht vorstellen, wie ich mich gerade freue. Ich dachte schon, das Pult funktioniert nicht mehr! Hättest echt mal vorher Bescheid geben können, dass du mit zum Camping fährst!
Wie geht's den Dads? Machen sie sich Sorgen?
Dottie

Sorry, war halt ne spontane Aktion. Hätte nicht gedacht, dass es Spaß bringt, jeden Tag irgendwelche Berge hochzurennen. War jedenfalls besser, als mit meiner Mom abzuhängen. Die ist halt echt immer noch sauer wegen der Sache mit dem Baseballhandschuh. Dabei ist das ja jetzt mal so was von verjährt!
Fred ist ziemlich schräg drauf, weil du dich nicht meldest. Bret bleibt cool, wie immer.
Ich hab hier ne Postkarte besorgt. Schreib doch mal schöne Grüße und so. Dann steck ich die in den Briefkasten. Vielleicht kriegen wir Fred dazu, nen Gang runterzuschalten.
Hätte nicht gedacht, dass ich das mal sage, aber wird echt Zeit, dass du nach Hause kommst!

Super Idee mit der Postkarte, nur vielleicht ein bisschen spät jetzt? Na ja, vielleicht tun wir einfach so, als ob sie etwas länger unterwegs war. Ich schreibe sie gleich. Danke!
Ich will auch wieder nach Hause. Aber das Problem ist, dass es das Heft, mit dem Frieda mich in ihre Zeit gezogen hat, gar nicht mehr gibt. Lange Geschichte ... Ich weiß nicht, ob es auch mit etwas anderem gehen könnte und ob das Pult mich überhaupt wieder in die Zukunft durchlässt.

Ne Zeitmaschine, die nur in eine Richtung funktioniert, wär doch total hohl.

Ja, auch wieder wahr. Können wir es mal versuchen?

Klar. Was muss ich machen?

Lass es uns mit der Postkarte probieren. Ich lege sie um 13 Uhr unter den Deckel, wenn die Kirchturmglocken schlagen.

Kirchturmglocken? Haben die keine Uhren da, wo du bist?
Na ja, egal. Ich mach mir schnell noch ne Pizza warm.

Nein! Es ist wichtig, dass wir im genau gleichen Moment danach greifen. Sonst klappt das definitiv nicht! Und ich hab hier eben nur die Kirchenglocken.

Ja okay! Stress mal nicht rum.

***

Dottie, bist du noch da? Was war das denn jetzt? Hab an der Karte gezerrt wie bekloppt. Erst war das Ding irgendwie festgeklemmt, aber dann nicht mehr. Ich check's nicht.

Ich glaube, es geht. Es hat sich jedenfalls wieder genauso angefühlt.

Hä? Warum bist du dann nicht gekommen?

Hab wieder losgelassen, weil ich noch nicht kommen kann. Sorry. Ich muss hier erst was in Ordnung bringen. Aber ich hatte gerade eine Idee, wie ich es mache. Dauert hoffentlich nicht lang. Ich sag dir Bescheid, wenn ich so weit bin.

Na toll.

71.
DOTTIE

Bestimmt Hunderte Male habe ich mir in den letzten drei Wochen vorgestellt, wie es passieren könnte, dass die Baronin die Wahrheit über mich herausfindet. Keine dieser Versionen hatte auch nur entfernte Ähnlichkeit mit der Wirklichkeit.

Wie jeden Tag sitzt Friedas Mutter nach dem Mittagessen auf dem Sofa im Blauen Salon und sichtet die Post. Als ich eintrete, will sie gerade einen Umschlag öffnen.

»Ich muss Ihnen etwas sagen«, setze ich an und presse meine Hände ineinander. Sie fühlen sich trotz der Sommerwärme klamm an. »Es ist meine Schuld, dass Frieda weggelaufen ist.«

Die Baronin sieht mich überrascht an. »Wie kommst du denn darauf?«

»Weil ich ihr die ganze Zeit von Amerika erzählt habe«, versuche ich zu erklären.

»Nun mal langsam«, unterbricht mich die Baronin und legt ihre Briefe zur Seite. »Ich weiß doch genau, woher meine Tochter diese Flausen hat.«

Bestimmt schüttle ich den Kopf, denn so einfach ist es nicht. »Frieda wollte nach Amerika, weil wir uns gestritten hatten. Ich war es, die sie dazu aufgestachelt hat, dass sie es wirklich probiert. Sie war so einsam und wütend, dass sie keine andere Möglichkeit mehr gesehen hat.«

»Ich glaube viel eher, dass Frieda dich und Johann angestiftet hat, ihr bei diesem vernunftwidrigen Unterfangen zu helfen.« Die Baronin wischt mein Geständnis mit einem Lächeln aus der Luft. »Doch mag dem sein, wie es wolle – dass meine Tochter sich meinen Anweisungen widersetzt und sich unvernünftig in Gefahr bringt, daran trägst du jedenfalls keine Schuld, Dottie. Du hast dich immer vorbildlich verhalten.«

»Nein, das habe ich nicht.« Ich atme einmal tief durch, und dann lasse ich ihr keine Chance mehr, mir zu widersprechen. »Ich habe Sie angelogen, seit dem Tag, an dem ich hier angekommen bin. Ich bin nicht das mustergültige Fräulein, für das Sie mich halten. Ich bin keine Comtesse und ich komme auch nicht aus England.«

Die Baronin schluckt. »Soll das ein Scherz sein?«

»Nein«, antworte ich. »Ich wohne in Rödelkofen. Mein Vater ist kein Lord, sondern Lehrer. Ich habe mir Ihr Vertrauen und Ihre Gastfreundschaft mit Lügen erschlichen. Wenn also jemand eine Strafe verdient, dann bin ich das und nicht Frieda.«

Die Stille, die darauf folgt, ist ohrenbetäubend.

»Wieso hast du das getan?«, will die Baronin schließlich wissen, und ihre Stimme bebt. Sie klingt nicht nach Ärger, sondern nach Fassungslosigkeit und tiefer Enttäuschung.

Das ist keine ganz einfache Frage. Ich versuche es mit der Wahrheit. »Weil ich Frieda um ihr Leben hier auf dem Schloss beneidet habe. Ich wollte so sein wie sie.« Oder noch besser, denke ich, und schäme mich dafür.

»Dass du eine Betrügerin bist, hätte ich eigentlich schon bei deinem Auftritt am Hafen ahnen können.« Die Gesichtszüge der Baronin verhärten sich. »Ist meiner Tochter klar, woher du wirklich kommst?«

Ich nicke. »Wir haben uns im Juli kennengelernt. Aber Frieda wusste nicht, dass ich einfach zu ihr reisen und mich bei Ihnen einnisten würde. Sie hat für mich gelogen, weil ich ihr keine andere Wahl gelassen habe. Sie wollte mir nur helfen.«

Wieder schweigt die Baronin, und ich kann sehen, wie es in ihr arbeitet.

»Ich werde beim herzoglichen Hof deine Teilnahme am Ball absagen«, erklärt sie mühsam beherrscht. »Wenn Frieda und ich morgen Abend von Burg Kolbenstein zurückkehren, möchte ich dich hier nicht mehr vorfinden.«

Ich nicke erneut. Dass sie mich nicht anschreit oder mir mit dem Zuchthaus droht, macht es fast noch schlimmer. In keiner meiner Vorstellungen habe ich mich am Ende so schäbig und mies gefühlt. Aber die Wahrheit ist eben, dass es die perfekte Tochter, von der die Baronin geträumt hat, in Wirklichkeit gar nicht gibt.

12.

Hi, Frieda!
Geht es deinem Kopf endlich besser?

Oh, Dottie! Ich hab mir solche Sorgen gemacht! Wo warst du den ganzen Nachmittag? Die Dompierre hat nur gesagt, dass du nicht mehr am Unterricht teilnehmen wirst. Was ist passiert?

Ich habe deiner Mutter erklärt, dass alles meine Schuld ist und ich sie die ganze Zeit angelogen habe. Ich glaube, sie ist trotzdem noch sauer auf dich, aber hoffentlich nicht mehr lange. Bestimmt beruhigt sie sich, wenn ich »abgereist« bin. Ach so, das Pult funktioniert noch (oder wieder?) und Bo hat sich endlich gemeldet. Ich habe ihm gerade geschrieben, dass er mich morgen wieder zurück in die Zukunft ziehen soll. Aber nicht, dass du denkst, ich lasse dich im Stich! Ich habe versprochen, dass ich dir helfe, und ich habe auch einen Plan.

Dottie, bist du verrückt? Wieso hast du meiner Mutter die Wahrheit gesagt?
Bitte, bitte bleib hier!

Mach dir keine Sorgen, das ist Teil des Plans: Wenn ich wieder in meiner Zeit bin, kann ich alles herausfinden, was wir wissen müssen. Ich werde recherchieren, wer dir hilft, hier rauszukommen, wo du weiter richtig zur Schule gehen kannst und an wen du dich am besten wendest, damit du sicher nach Amerika gelangst oder nach Brasilien oder wo auch immer du als Erstes hinreisen willst. Wenn du mehr Geld brauchst, dann kann ich dir das bestimmt auch irgendwie besorgen. Ich bin mir sicher, dass es möglich ist. Wir müssen es nur gut organisieren, Schritt für Schritt. Vielleicht dauert es eine Weile, bis ich alle Informationen habe.
Das Wichtigste ist erst mal, dass du und deine Mutter wieder einigermaßen miteinander auskommt. Ich glaube, das wird ein ganzes Stück einfacher, wenn ich nicht mehr hier bin und alles durcheinanderbringe. Jetzt kann deine Mutter von mir enttäuscht sein und sich über mich ärgern, und hoffentlich führt das dazu, dass sie bald wieder sieht, was sie eigentlich an dir hat. Im Grunde versteht sie dich nämlich besser, als du vielleicht denkst. Sie will es nur nicht zeigen.
Also, halt die Ohren steif und lass dich bitte nicht ins Kloster stecken! Ich lege sofort los, wenn ich wieder in Rödelkofen bin, okay?

Ich weiß nicht. Bist du sicher?

Vertrau mir, das wird klappen! Ich schreibe dir so bald wie möglich.

13.
FRIEDA

Der nächste Tag – und damit der Ball und Abschied von Dottie – bricht schneller an, als mir lieb ist. Agatha schließt das steife Kleid aus sonnengelbem Taft an meinem Rücken. Mit jedem weiteren Haken scheine ich weniger Luft zu bekommen. Ich werde mit Schmuck behängt wie ein Maibaum, meine Locken mit reichlich Zuckerwasser in ordentliche Reihen gezwängt, hinten streng aufgesteckt und mit passenden sonnengelben Seidenblüten versehen. Ich komme mir vor wie eine dieser Puppen, die man nach Belieben einkleiden und ausstaffieren kann. Warum alle kleinen Mädchen so gerne mit Puppen spielen sollen, habe ich nie verstanden.

Von unten ruft meine Mutter zum baldigen Aufbruch. Der Weg nach Kolbenstein ist nicht allzu weit, aber sie möchte um keinen Preis zu spät anlangen und, Gott bewahre, einen schlechten Eindruck erwecken.

Ich bin Dottie den ganzen Tag noch nicht begegnet und fürchte schon, dass wir uns gar nicht mehr von Angesicht zu Angesicht Auf Wiedersehen sagen können. Da huscht sie doch noch in mein Zimmer.

»Alles in Ordnung?«, vergewissert sie sich.

Ich nicke und mustere dabei mein Spiegelbild. »Also, abgesehen von diesem grausigen Mummenschanz.«

Agatha hüstelt pikiert.

»Ich finde, du siehst fantastisch aus«, bekomplimentiert mich Dottie. Aber ihr verschmitztes Lächeln verrät, wie froh sie ist, dass ich meinen Humor nicht vollständig verloren habe.

Auch wenn ich ihren Plan nicht gänzlich verstehe, so kenne ich Dottie inzwischen doch gut genug, um zu wissen, dass sie nichts tut, ohne es gründlich durchdacht zu haben. Während ich mich am Amazonas wahrscheinlich Hals über Kopf in die Fluten stürzen würde, bliebe Dottie am Ufer stehen, um genau zu überlegen, wie und womit man ein Floß bauen könnte und an welcher Stelle man es am besten zu Wasser ließe. In dieser Hinsicht könnten wir nicht verschiedener sein. Aber das ist vielleicht gerade gut so. Heute jedenfalls mahne ich mich zu Geduld, auch wenn es mir schwerfällt, und vertraue darauf, dass sie weiß, was zu tun sein wird – Schritt für Schritt, wie es ihre Art ist.

Obwohl dies sicherlich nicht den Anweisungen der Baronin entspricht, lässt Agatha uns für einen Moment alleine. Dottie zieht einen Beutel hinter ihrem Rücken hervor, den sie mir in die Hand drückt. Ich werfe einen Blick hinein. Grün leuchten mir die famosen Schuhe entgegen. Dottie muss zwischenzeitlich ihre Sachen aus dem Versteck im Wald geholt haben.

»Die schenke ich dir«, sagt sie. »Als Erinnerung.«

Ich mache große Augen, komme aber nicht mal mehr dazu, mich richtig zu bedanken.

»Frieda! Wir fahren!«, tönt die Stimme meiner Mutter aus der Eingangshalle.

»Ich komme!«, rufe ich. Dann schlinge ich die Arme um Dottie und herze sie, so fest ich kann.

»Mach's gut!«, flüstert Dottie.

»Mach's besser!«, antworte ich, und es kratzt in meinem Hals.

Der Kutscher schnalzt mit der Zunge, der Wagen ruckt an. Auf die Gefahr hin, dass ich meine Frisur ruiniere – worauf Mutter mich natürlich hinweist –, stecke ich den Kopf aus dem Fenster und schaue zurück zum Schloss. Da steht Dottie, oben an der Erkerbrüstung, und winkt mir noch einmal zum Abschied. Meine Mutter würdigt unseren in Ungnade gefallenen Gast keines Blickes mehr. Aber ich hebe die Hand und winke zurück. Ich lasse Dottie nicht aus den Augen, während sie mit der Entfernung immer kleiner wird und ihr Bild wässrig verschwimmt, bis ich ihre schmale Gestalt schließlich gar nicht mehr erkennen kann.

Ich schlucke und es schmeckt nach Salz. Doch unter meinen Füßen spüre ich die biegsamen Sohlen, Dotties grüne Schuhe, gut verborgen unter dem bodenlangen Saum meines Kleids, und ich weiß, dass sie nie ganz weg sein wird.

74.
DOTTIE

Ich wische mir die Tränen aus dem Gesicht und gehe in mein Zimmer, um die restlichen Sachen zusammenzupacken. Noch habe ich ein paar Stunden Zeit, bis Bo heute Abend auf der anderen Seite das Schreibpult öffnen und mich wieder ins Jahr 2022 ziehen wird.

Mit Fidelis habe ich nicht mehr geredet, aber so wie er mich beim Frühstück angesehen hat, gehe ich davon aus, dass er die Meinung seiner Mutter teilt und es ihm am liebsten wäre, wenn ich sofort aus dem Schloss verschwinden würde. Komischerweise macht mir das weniger aus, als ich gedacht hätte. Seit unserem Gespräch über Frieda hat sich etwas verändert. Es fühlt sich so an wie manchmal, wenn man einem Schauspieler im echten Leben an der Supermarktkasse begegnet. Irgendwie fehlt plötzlich dieser besondere Glanz. Einmal entzaubert kommt er auch auf der Bühne nicht mehr zurück.

Aber zumindest von Johann möchte ich mich noch anständig verabschieden. Ich frage mich, ob die Baronin ihm überhaupt gesagt hat, dass ich abreise. Als ich an seine Zimmertür klopfe, ist nichts zu hören. Ich hoffe, dass er nicht gerade mit seiner Staffelei auf den Feldern unterwegs ist. Ohne mich noch mit irgendwelchen Überlegungen aufzuhalten, ob das nun unschicklich ist, drücke ich die Klinke hinunter und öffne die Tür. Johann fährt erschrocken von seinem Schreibtisch hoch. Mein Blick fällt auf den Zeichenblock, der vor ihm liegt, und was ich da sehe, war offensichtlich nicht für meine Augen bestimmt: ein Mädchen in einem leichten pastellkreideweißen Kleid auf beigefarbenem Untergrund. Ihre langen, glatten Haare fliegen, ihr Rock bauscht sich wie ein Fallschirm. Ihr Gesicht ist verdeckt, aber man muss nicht besonders genau hinsehen, um zu erkennen, dass ich das bin. Johann hat mich beim Tanzen gezeichnet!

»Ich, äh, wollte nur schnell Auf Wiedersehen sagen«, stottere ich und ignoriere damit den Elefanten im Raum.

»Ja dann … gute Reise«, gibt Johann steif zurück und schiebt seine Hand über die Zeichnung, als könnte er sie damit unsichtbar machen.

Ich zögere noch einen Moment, aber mir fällt absolut nichts ein, wie ich die Situation weniger krampfig beenden könnte. Eilig ziehe ich die Tür wieder hinter mir zu und muss erst mal tief Luft holen: Was bitte war das gerade?!

75.
FRIEDA

Unter dem strengen Blick meiner Mutter lasse ich mich von wildfremden jungen Herren im Takt der Musik wie ein Möbelstück durch den Tanzsaal schieben. Rechts point, links point und zurück, sechs, sieben, acht. Dabei immer schön aufrecht bleiben und nett lächeln. Ich hasse jeden Moment dieses albernen Schauspiels, aber ich habe keine Wahl. Die Baronin verliert mich keine Sekunde aus den Augen, auch wenn sie mit den anderen Damen Konversation betreibt oder sich den Teller beim Buffet vollläd.

Ich gebe ihr keinen Grund zur Beanstandung. Höflichst knickse ich in alle Richtungen und bringe keinen einzigen Tanzschritt durcheinander.

Schon wanzt sich der nächste Baron So-und-so oder Freiherr von Was-auch-immer an. Für mich sehen sie alle gleich aus in ihren hellen Kniebundhosen, Frack und Handschuhen. »Wenn ich das Fräulein bitten darf, mir die Ehre des nächsten Tanzes zu erweisen?«

Wenigstens riecht dieser hier nicht, als habe er ein Tauchbad in Eau de Cologne genommen, so wie der vorherige. Er wird in etwa so alt sein wie Fidelis. Ich reiche ihm meine Hand und schon hopsen wir beide hin und her, vor und zurück und dreimal rundherum.

»Hatten Sie denn eine angenehme Anreise?«, erkundigt sich der Freiherr von Was-auch-immer.

Mir scheint es, als habe ich diese Frage heute schon ein Dutzend Mal beantwortet. »Sehr angenehm, vielen Dank«, leiere ich meinen Text herunter.

Jedes Mal, wenn die weichen Sohlen unter meinen Füßen auf dem Boden aufkommen, muss ich mich daran erinnern, dass auch dieser stupide Tanz irgendwann ein Ende finden wird, genauso wie der ganze unerfreuliche Abend, genauso wie dieses zermürbende, rückständige Zeitalter. Ich denke an Dottie, die jetzt zu Hause in der Zukunft ist, und daran, dass ich mit ihren Schuhen neue Wege gehen werde.

»Ich frage mich ja, ob wir wohl in ein paar Jahren alle in dampfbetriebenen Kutschen fahren werden«, reißt mich der Freiherr so abrupt aus meinen Gedanken, dass ich kurz ins Stolpern gerate. »Man liest ganz Erstaunliches von Erfindern aus England«, fügt er hinzu, während er mich mit einer Hand an meinem Ellenbogen galant wieder ins Gleichgewicht bringt. »In London rollen wohl immer mehr Dampfkraftwagen auf den Straßen.«

Überrascht sehe ich dem Kerl zum ersten Mal richtig ins Gesicht. Seine Wangen sind teigig, seine Augen farblos, aber sein Interesse ist echt.

»Dampfkutschen haben keine Zukunft, mein Herr«, erkläre ich mit einem Lächeln. »Wir werden mit Luftschiffen fliegen.«

16.
DOTTIE

Ich schiebe das seltsame Johann-Gefühl weg und beschließe, in den paar Stunden, die mir bleiben, noch einmal alles Schöne mitzunehmen. Als Erstes gehe ich in den Spiegelsaal. Ich schließe die Augen und versuche, mir den Duft des gewachsten Parketts einzuprägen und das Gefühl, als ich hier getanzt habe. Auf dem Schlosshof spüre ich die sorgfältig geharkten Kiesel unter meinen Stiefeln. In der Bibliothek blättere ich in uralten Bänden, die man zu Hause in der Zukunft wahrscheinlich nur unter Glas sehen oder höchstens mit Schutzhandschuhen anfassen dürfte. Das Leder der Buchrücken knarzt und die Seiten fühlen sich dick und samtig an.

Weil es jetzt sowieso schon egal ist, wenn jemand sich über mich wundert, hole ich Opas alte Kamera mit der braunen Hülle aus meinem Rucksack. Während ich eine Filmrolle einlege, rechne ich aus, dass es dieses Gerät erst in hundertzwanzig Jahren zu kaufen geben wird. Gina und Sina fanden es immer total seltsam, dass ich gerne mit so einem altmodischen Ding fotografiere, bei dem man nur vierundzwanzig Bilder zur Verfügung hat und den Film von Hand weiterdreht. Aber ich mag daran, dass man sich genau überlegen muss, was wirklich wichtig genug ist, um es festzuhalten. Friedas Lieblingsplatz am Weiher zum Beispiel. Oder der Ausblick von unserer Fensterbank, am frühen Abend leider noch ohne Fledermäuse. Von Kentucky und dem dicken Balthasar mache ich auch jeweils ein Foto.

Als ich wieder in mein Zimmer zurückkomme, ist es schon nach sieben. Bevor ich meinen Rucksack nehme, schieße ich noch ein letztes Bild. Ich lege mich auf das Spitzenkissen unter den Himmelbetthimmel und halte die Kamera hoch über meinen Kopf. In der Spiegelung des Objektivs kann ich mich selbst sehen, Dottie von Dazumal, die in diesem Bett geschlafen hat und in diesem Zimmer zu Gast gewesen ist. Aber zu Hause war sie hier nicht. Ich habe mir ein Leben ausgeborgt und eine Weile lang anprobiert. Es fühlte sich schön und aufregend und richtig an, meistens. An manchen Stellen hat es auch unangenehm gezwickt. Und deswegen weiß ich jetzt, dass ich nicht wirklich hierhergehöre. Ich drücke den Auslöser herunter. Mit einem satten mechanischen Klacken hält die alte Kamera mein Foto fest.

Das Schöne nehme ich mit. Aber es ist Zeit zu gehen.

11. FRIEDA

»Es wird Häfen geben, an denen jeden Tag Hunderte Luftschiffe anlanden. Man kauft ein Billett, nimmt in einem bequemen Sessel Platz. Die Dienstboten servieren kleine Mahlzeiten und Getränke. Zur Unterhaltung gibt es Musik und Schauspiel. Zwölf Stunden später steigt man wieder aus. Tadaaa! Willkommen in Amerika!«

Der junge Freiherr mit dem Faible für Dampfkutschen lacht schallend. Und auch meine anderen Zuhörer, die sich nach und nach vom Ballsaal zu uns in den Salon gesellt haben, amüsieren sich prächtig. Wahrscheinlich halten sie mich für äußerst fantasiebegabt.

»Donnerwetter, zwölf Stunden! Ich würde sofort in Post-Luftschiffe investieren«, scherzt der gewiefte Sohn eines Geschäftsmanns. »Ein Brief an den Kompagnon meines Vaters in New York war kürzlich mehr als neun Wochen unterwegs!«

Ich winke ab. »Ach wenn es nur um eine Nachricht geht, dann brauchen Sie nicht mal auf ein Luftschiff zu warten. Sie schicken einfach Ihre Stimme auf Reisen. Dazu genügt ein handliches Kästchen, in das Sie hineinsprechen. Ihr Kompagnon, der ein ebensolches Kästchen besitzt, wird Sie in New York hören, als ob Sie direkt neben ihm stünden.«

»Nun übertreiben Sie aber«, tadelt mich mein Tanzpartner mit einem Augenzwinkern, während er einem livrierten Diener bedeutet, dass er ein frisches Getränk möchte.

Der Diener reicht es ihm. »Bitte sehr, Eure Durchlaucht.«

Durchlaucht?! Mich überkommt die Ahnung, dass es sich beim Freiherrn von Was-auch-immer mitnichten um einen Freiherrn handelt. Und dann fällt es mir wie Schuppen von den Augen: Tatsächlich erzähle ich meine seltsamen Luftschiff-Geschichten niemand Geringerem als Erbprinz Otto von Kolbenstein, dem Sohn des Herzogs. Potztausend!

Prompt erhasche ich zwischen den aufgetürmten Frisuren und ausladenden Blumenarrangements einen Blick auf meine Mutter, die sich an der Salontür suchend umschaut. Offenbar hat sie trotz ihrer Argusaugen nicht mitbekommen, dass ich die Tanzfläche zwischenzeitlich verlassen habe, und befürchtet nun Schlimmes.

»Auf das geistreiche Fräulein von Frankenhofen«, ruft jetzt Otto von Kolbenstein und hebt sein Glas. Die anderen tun es ihm nach.

Mutter stutzt, als sie mich inmitten der illustren Gruppe entdeckt. Schon will sie auf mich zustürzen. Da wird ihr gewahr, dass der durchlauchtigste Sohn des Gastgebers gerade einen Toast *auf ihre Tochter* ausgesprochen hat! Ich kann also nicht allzu viel falsch gemacht haben.

»Encore! Encore!«, fordert der angehende Geschäftsmann, und auch die anderen Gäste drängen mich, einen weiteren unterhaltsamen Schwank aus der Zukunft zu erzählen.

Mutter kann über mich nur den Kopf schütteln, aber ausnahmsweise nicht vor Enttäuschung. Ich zermartere derweil mein Hirn nach einer von Dotties verrückten Geschichten, die ich meinen Zuhörern als Nächstes auftischen kann. Während ich von erfrischenden Eiscreme-Stäbchen erzähle, die man selbst am heißesten Sommertag genießen kann, spüre ich Mutters Augen noch eine Weile auf mir. Doch als ich das nächste Mal aufsehe, hat uns die Baronin zu meiner Überraschung den Rücken gekehrt. Sie verschwindet in der Menge der Festbesucher und lässt mich gewähren.

18. DOTTIE

Punkt zwanzig Uhr hatte ich mit Bo verabredet. Als die Kirchenglocken im Dorf zur vollen Stunde schlagen, stecke ich meine Hand unter den Pultdeckel. Das Fach ist leer. Ich warte und zähle im Kopf die Sekunden. Zehn, zwanzig … immer noch passiert nichts. Pünktlichkeit war nie Bos Stärke, sage ich mir.

Nach drei Minuten gebe ich das Zählen auf und werde langsam nervös. Kann er irgendwas missverstanden haben? Eigentlich nicht. Ich hatte ihm doch geschrieben, wie wichtig es ist, dass er mich heute Abend zurückholt!

Nach ungefähr fünf Minuten ziehe ich die Hand aus dem Pult.

Wo bleibst du? Ist was dazwischengekommen?, schreibe ich auf einen Zettel und lege ihn unter den Deckel, als könnte ich damit irgendwas ändern. Wenn Bo nicht zu Hause in meinem Zimmer ist, wird er auch diese Nachricht nicht bekommen.

Während ich angespannt um das Pult herumtigere, geht draußen langsam die Sonne unter. Ständig spitze ich unter den Deckel. Aber der Zettel liegt auch eine Stunde später immer noch da.

Noch habe ich Zeit, versuche ich, mich zu beruhigen. Der

Ball soll bis zum frühen Morgen dauern. Aber natürlich ist das keine Garantie, dass die Baronin und Frieda auch wirklich so lange durchhalten. Ich muss mich irgendwie ablenken. Weil mir nichts Besseres einfällt, wiederhole ich im Kopf französische Grammatik, unregelmäßige Verben: écrire – schreiben, lire – lesen, rire – lachen. Das ist völlig sinnlos, aber zumindest sind es schöne Verben. Wenn ich immer nur auf den nächsten Viertelstundenschlag der Kirchturmuhr warte, drehe ich noch durch.

Plötzlich höre ich Schritte auf dem Flur. Hektisch schaue ich mich nach einem Versteck für mich und meinen überdimensionalen Rucksack um. Alle im Schloss gehen davon aus, dass ich längst abgereist bin. Wie soll ich erklären, dass ich immer noch hier herumhänge? Und was soll ich sagen, wenn jemand fragt, worauf ich warte?

Bevor ich mich wie eine schlechte Einbrecherin hinter den schweren Samtvorhang verkriechen kann, öffnet sich die Tür. Ich halte die Luft an.

»Du bist noch hier?«, wundert sich Johann, als er mich entdeckt. Er trägt seine Zeichenmappe unter dem Arm.

»Ich … warte noch. Auf meinen Bruder«, stottere ich und zeige dabei auf das Pult, was für Johann ziemlich verwirrend sein muss. »Bo. Er wollte mich abholen. Also, Bo ist nicht wirklich mein Bruder, aber …« Ich gebe auf. Das Ganze ist viel zu kompliziert, um es in drei Sätzen zusammenzufassen.

Doch Johann scheint gar keine Erläuterung zu erwarten. »Dann bin ich ja doch nicht zu spät«, murmelt er hörbar erleichtert und fingert etwas nervös an dem Bändchen herum, das seine

Mappe verschließt. Ohne mich direkt anzuschauen, zieht er ein Blatt heraus und hält es mir hin. »Hier. Für dich.«

Es ist das Bild, das vorhin auf seinem Schreibtisch lag. Johann hat es fertig gezeichnet, mit kräftigen, lebendigen Kreidestrichen, die wirken, als würde das tanzende Mädchen gleich vom Papier wirbeln. Sie ist elegant, voller Energie – und definitiv keine steife Bohnenstange. Ich kann mich genau an den Moment erinnern, als er mich so gesehen haben muss, vor zweieinhalb Wochen im Spiegelsaal. Keine Kamera hätte diesen Moment besser einfangen können.

»Danke«, sage ich. »Das ist wunderschön.«

Ich schaue auf. Unsere Augen treffen sich. Johann guckt mich an, wie er mich schon die ganze Zeit angeguckt hat, seit wir uns zum ersten Mal begegnet sind, forschend und ernst. Aber komischerweise fühlt es sich jetzt anders an. Nicht mehr so, als ob er mich mit Röntgenstrahlen durchleuchten und alle meine Geheimnisse ans Licht bringen will. Sein Blick macht mich nicht mehr unsicher oder misstrauisch. Er gibt mir einfach das Gefühl, dass Johann mich sehen will. Und in dieser Sekunde verstehe ich endlich, dass ich die ganze Zeit völlig falschlag.

»Ich glaube, ich muss dir was erklären«, setze ich an. Und dann beginne ich zu erzählen.

19. FRIEDA

»Nun, höfliche Zurückhaltung sieht natürlich anders aus, aber sei's drum«, kommentiert Mutter fröhlich, als wir in den frühen Morgenstunden endlich wieder in unserer Kutsche Platz nehmen. »Die Zeiten ändern sich. Wenn Erbprinz Otto solch ein Gebaren unterhaltsam und charmant findet, dann möchte ich ihm da nicht widersprechen.«

Sie wirkt hochzufrieden mit dem Verlauf des Abends. Auch ich muss zu meiner Überraschung zugeben, dass sich zumindest der zweite Teil einigermaßen vergnüglich gestaltete.

Mutter mustert mich von der Seite. In ihrem Blick liegt eine Mischung aus Stolz und Verwunderung. »Du warst immer ein außergewöhnliches Kind, Frieda. Ich glaube, du kannst es auch zu Außergewöhnlichem bringen … wenn du es nur willst.«

»Wir werden sehen«, antworte ich mit Vorsicht. Solch warme Worte bin ich gar nicht mehr gewohnt.

»Vielleicht war ich in letzter Zeit zu hart zu dir«, meint Mutter nachdenklich. »Jedenfalls war es ein Fehler, dir stets Dorothea als leuchtendes Beispiel vor Augen zu führen. Sie hat uns alle zum Narren gehalten. Verständlich, dass du aufgebracht warst.«

Ein solches Eingeständnis habe ich von ihr noch nie gehört.

Versöhnlich legt sie mir die Hand aufs Knie. »Weißt du, ich möchte dir auch gar nicht verbieten, deinen eigenwilligen Interessen nachzugehen, solange das in einem maßvollen Rahmen und nicht allzu öffentlich geschieht. Ich merke ja, wie viel Freude du daran hast.«

Das klingt alles fast zu gut, um wahr zu sein. »Was ist mit der Klosterschule?«, frage ich argwöhnisch. «Hast du mit Vater –«

»Davon wollen wir gar nicht mehr sprechen«, unterbricht sie mich und lächelt mir verschwörerisch zu. »Ich hätte einen sehr viel besseren Vorschlag.« Sie macht es spannend. »Was würdest du sagen, wenn ich Mademoiselle Dompierre kündige, wie du es dir gewünscht hast?«

»Das wäre großartig«, räume ich verdattert ein und warte auf den Haken, der da zweifelsohne noch folgen muss.

»Dein Vater und ich würden wieder einen fähigen Hauslehrer suchen. Zusätzlich müssten wir dich natürlich auch zu einer Benimmdame schicken, die dich in der Etikette unterrichtet, auch wenn uns das in der Summe sicherlich deutlich teurer käme. Aber das wäre es wohl wert. Selbstverständlich alles unter der Voraussetzung, dass du dich weiterhin in der Gesellschaft von deiner besten Seite zeigst, so wie heute Abend.«

Dottie hat es vorausgesehen, denke ich. In ihrem Ärger über die falsche Comtesse besinnt sich die Baronin auf mich und ist nun bereit, mir wieder Vertrauen zu schenken. Jedenfalls solange ich wiederum bereit bin, ein Stück weit auf sie zuzugehen. Eigentlich könnte mir nichts Besseres passieren.

Mutter schiebt eine meiner widerspenstigen Locken wieder an ihren Platz zurück und streicht mir dabei mit ihrer warmen

Handfläche über die Wange. »Was meinst du, Liebes? Zusammen werden wir das doch fertigbringen, oder?«

Ein Teil von mir will einfach nicken und sich an sie schmiegen, so wie ich es früher gerne getan habe, wenn wir spätnachts in der Kutsche unterwegs waren.

»Bei der nächsten Festlichkeit solltest du dich nur nicht allzu sehr in den Mittelpunkt spielen«, fügt Mutter noch wie nebenbei hinzu. »Denn wenn es Zeit ist, an eine Verlobung zu denken – in drei oder vier Jahren –, bevorzugt auch der Erbprinz sicherlich das stillere, tugendhafte Fräulein.«

80.
DOTTIE

Johann weiß jetzt, wer ich eigentlich bin, aus welcher Zeit ich komme, was es mit dem Pult auf sich hat und warum ich hier immer noch warte. Er hat meinen verworrenen Erklärungen zugehört und nachgehakt, wenn etwas unklar war. Wir haben geredet und geredet, über alles Mögliche – Theaterstücke, die wir gesehen haben, und Bücher, die wir gelesen haben. Es ist bestimmt nach Mitternacht, vielleicht auch schon eins oder zwei. Wir sitzen nebeneinander auf der Klavierbank, im Schein einer einzelnen Kerze.

»Ich hätte dir viel früher erzählen sollen, wo ich herkomme«, sage ich.

»Ich hätte ja auch mal fragen können«, meint Johann.

Ich muss lachen. »Ja, hättest du.«

Er seufzt. »Aber ich habe mich wohl nicht recht getraut.«

Eine Weile schweigen wir einfach und denken wohl beide darüber nach, wie es anders gewesen wäre.

»Was sollen wir machen, wenn sich dein Bruder nicht mehr meldet?«, setzt Johann schließlich wieder an.

Ich weiß es nicht.

Aber die Tatsache, dass Johann »wir« gesagt hat, lässt die Möglichkeit, dass mein Rückreiseplan fehlschlägt, gar nicht mehr so schlimm erscheinen.

Weil ich schon seit einer Weile nicht mehr unter den Pultdeckel geschaut habe, leuchte ich nun noch mal mit der Kerze hinein. Mitten im Fach und nicht zu übersehen liegt da auf einmal ein Blatt meines feinen Briefpapiers. Darauf, in Bos wüster Handschrift, ein paar hingeschmierte Zeilen:

> So, ich wär dann so weit. Sorry für die Verspätung. Meine Mom meinte, dass ich deine Dads lang genug genervt habe. Musste meinen Kram wieder nach Hause schaffen und den ganzen Abend mit ihr abhängen. Gähn! Hab mich jetzt rausgeschlichen.

»Ist er da?«, will Johann wissen.

Ich nicke. In meine große Erleichterung mischt sich gleichzeitig auch eine Prise Enttäuschung. Ich tauche die Feder ins Tintenfass. *Gib mir noch zwei Minuten*, schreibe ich zurück und lege den Briefbogen wieder unter den Deckel. Dann hole ich Opas Kamera aus dem Rucksack. Auf der Filmrolle ist noch Platz für ein allerletztes Bild – das fünfundzwanzigste, das man nur mit etwas Glück bekommt.

Johann sieht mich fragend an, als ich mit dem seltsamen Gerät in der Hand auf der Klavierbank ganz nah an ihn heranrutsche. Unsere Ellenbogen berühren sich und es kribbelt ein bisschen.

»Bitte lächeln!«, fordere ich ihn auf und halte die Kamera mit ausgestrecktem Arm vor unsere Gesichter. Ich warte, bis der Blitz aufgeladen ist, dann drücke ich den Auslöser.

Johann zuckt zusammen, so grell leuchtet es durchs dunkle Zimmer. »Was war das denn?«

»Ein Foto. Damit ich mich immer an diesen Abend erinnern kann.«

Das ist keine besonders gute Erklärung, aber es muss reichen. Ein paar Sekunden noch genieße ich das Ellenbogen-Kribbelgefühl. Dann kann ich unseren Abschied nicht länger hinauszögern. Ich stehe widerstrebend auf, hänge mir die Kamera um, schultere meinen Rucksack und stelle mich ans Schreibpult, wie eine Touristin am Abflug-Gate, bereit zur Abreise.

Johann schluckt. »Darf ich dir schreiben?«

»Ja bitte«, antworte ich und strahle wie ein Honigkuchenpferd. Dann stecke ich meine rechte Hand unter den Pultdeckel. Ich spüre das feste Briefpapier unter meinen Fingern und gleich darauf Bos Hand, die nach meiner greift.

Johanns Blick will mich gar nicht loslassen und ich seinen auch nicht. Mit einem Arm schon zurück in der Zukunft hält mich 1822 mit dem Herzen fest.

In diesem Moment fliegt die Tür auf. Johann fährt erschrocken herum.

»Dottie?!« Frieda ist zurück! Sie muss bemerkt haben, dass im Musikzimmer noch Licht brennt.

Ich fühle Bos Hand, den festen Ruck von der anderen Seite … sehe wie in Zeitlupe Friedas Augen, erst voller Überraschung, dass ich noch hier bin … dann leuchten sie plötzlich auf. Frieda rennt an Johann vorbei, der ihr mit offenem Mund nachschaut, und dann schließt sich ihre rechte Hand um meine linke. Unsere Finger verhaken sich. Und ich ziehe sie mit mir, nach Hause in die Zukunft – dahin, wo sie so sein darf, wie sie ist.

81.

Lieber Johann,
ich wollte dir nur kurz schreiben, dass alles geklappt hat. Frieda und ich sind gut bei meiner Familie angekommen. Sie lässt dich herzlich grüßen, und ich soll dir ausrichten, dass Eiscreme im Sommer noch viel deliziöser schmeckt, als sie gedacht hätte.
Den Film mit dem Foto von uns beiden bringe ich gleich morgen zur Entwicklung. Ich glaube, Fotografie ist etwas, das dir gefallen könnte. Also, lass dich überraschen …
Ich freue mich darauf, von dir zu lesen, und schicke ganz liebe Grüße aus der Zukunft.
Deine Dottie

Dieses Werk wurde mit Unterstützung der Akademie für Kindermedien, einer Initiative des Fördervereins Deutscher Kinderfilm e. V., entwickelt. Herzlichen Dank an die Mentorinnen Marion Perko und Marianne Nagel.

Die Beauftragte der Bundesregierung für Kultur und Medien

NEU START KULTUR

VG WORT

Dieses Werk wurde durch ein Stipendium von Neustart Kultur gefördert.

Natürlich magellan©

FSC
www.fsc.org
MIX
Papier | Fördert gute Waldnutzung
FSC® C083411

Wir pflanzen Bäume
Für unsere Umwelt
www.magellanverlag.de

FAIR PRODUZIERT
www.magellanverlag.de

Hergestellt in Deutschland
Gedruckt auf FSC®-zertifiziertem Papier
Lösungsmittelfreier Klebstoff
Drucklack auf Wasserbasis

1. Auflage 2022

Umschlaggestaltung: Christian Keller
unter Verwendung von Motiven von shutterstock
TashaNatasha / grynold / Kite-Kit / ovi 801 / GarryKillian / Gleb Guralnyk / Vector Image Plus / Afishka / Vasya Kobelev / Bellovittorio
Druck: CPI, Leck
ISBN 978-3-7348-5059-2

www.magellanverlag.de